Une innocente à conquérir

KIM LAWRENCE

Une innocente à conquérir

Traduction française de
CHRISTINE MAZAUD

AZUR

HARLEQUIN

Collection : Azur

Titre original :
A PASSIONATE NIGHT WITH THE GREEK

HARPERCOLLINS FRANCE
83-85, boulevard Vincent-Auriol, 75646 PARIS CEDEX 13
Service Lectrices — Tél. : 01 45 82 47 47

www.harlequin.fr

ISBN 978-2-2804-3611-3 — ISSN 0993-4448

1.

Zach avait reçu le message alors qu'il était coincé dans un embouteillage.

Dans ce genre de situation, une bonne connaissance des petites rues d'Athènes et de légères entorses au Code de la route n'étaient pas superflues, et il possédait un talent certain pour les deux. Ayant traîné plusieurs années dans les rues plutôt que d'habiter avec son oncle, une brute épaisse et un alcoolique invétéré, et sa grand-mère qui n'avait pas apprécié de devoir récupérer le bâtard de sa fille, il était… devenu débrouillard.

Il déboula dans le parking de l'hôpital en moins d'une demi-heure, non sans quelques excès de vitesse. Trois minutes après, il entrait dans le service des soins intensifs où Alekis Azaria se réveillait doucement après avoir été plongé dans un coma artificiel durant trois jours, à la suite d'une nouvelle crise cardiaque dont on l'avait récupéré de justesse.

Zach, qui était ce que le vieil homme avait de plus proche comme parent ou comme ami, était présent la veille quand on l'avait sorti du coma. Le réanimateur l'avait prévenu : le fait qu'il ouvre les yeux ne voulait pas dire qu'il était conscient.

Aujourd'hui, le médecin l'attendait à l'entrée du service.

— Il est éveillé et respire sans assistance. Il semble que ses facultés mentales n'aient pas été altérées.

— Je peux le voir ? demanda Zach avec impatience.

— Il a été transféré en cardiologie. Je vous emmène. C'est un patient, heu… exigeant. Je suppose qu'il l'a toujours été.

Zach échangea un sourire entendu avec le réanimateur. Alekis Azaria, armateur grec milliardaire, n'avait jamais été facile.

— Son état est stable, dit le cardiologue à l'entrée du service. Par ici, suivez-moi.

Ils trouvèrent Alekis assis dans son lit, calé contre deux oreillers et bien éveillé. Ce nouvel accident de santé l'avait fatigué, il avait les joues creuses et quelques rides en plus, mais sa voix était bonne.

— Vous savez ce que c'est que les droits de l'homme ? vitupérait le vieil homme à l'adresse de l'infirmière qui s'affairait auprès de lui. Je vais vous faire mettre dehors. Je veux mon téléphone. Et apportez-moi un cognac !

Loin d'être désarçonnée, l'infirmière continua de vérifier sa perfusion.

— À mon niveau, je ne peux pas prendre de décision, monsieur Azaria.

— Eh bien, appelez-moi quelqu'un qui puisse décider, gronda-t-il.

Apercevant à cet instant Zach sur le seuil de la pièce, il l'interpella.

— Eh, toi ! Passe-moi ton téléphone.

— Je l'ai égaré hier, répondit Zach avec un haussement d'épaules fataliste.

L'infirmière, rougissante, le remercia de sa complicité d'un joli sourire.

— C'est un complot ! hurla Alekis. Et tu attends quoi, là ? Entre et assieds-toi.

Zach s'exécuta. Il posa sa longue carcasse sur une des chaises et allongea les jambes devant lui.

— Vous avez l'air…

— J'ai l'air de ce que je suis : un moribond. Mais j'ai

des choses à faire avant de mourir. Et toi aussi. Allons, je suis sûr que tu as ton téléphone !

Zach hésita, mais devant la main tendue sur laquelle couraient d'impressionnantes veines bleues, il s'émut et sortit son portable de sa poche.

— Après tout, si vous devez avoir une autre crise cardiaque, vous êtes au bon endroit, ironisa-t-il.

— Justement ! Alors, cette photo ? s'impatienta le malade.

— Vous allez peut-être commencer par me dire pourquoi vous m'avez fait courir après cette femme dans ce cimetière londonien.

— Pas courir après elle. La photographier.

Zach se trouvait à Londres où il donnait une conférence à la crème de la haute finance internationale quand il avait reçu cette étrange demande d'Alekis.

« Vous voulez que je fasse quoi ?

— Ne me fais pas répéter, tu as bien entendu. Donne l'adresse de l'église à ton chauffeur. Le cimetière est en face. Et prends une photo de la fille, elle arrivera à 16 h 30. »

Il regarda Alekis tripoter son téléphone et s'arrêter sur la photo qui apparaissait à l'écran.

— Ah ! Elle est belle… Hein, qu'elle est belle ?

Il ne répondit pas. Ce n'était pas la peine, la beauté de la fille était évidente.

Ce qui était moins évident, en revanche, c'est la raison pour laquelle, dès l'instant où il l'avait vue, elle avait frappé son imagination au point de l'obséder. Elle l'avait tout de suite fasciné. Il avait mis un moment à comprendre que ce n'était pas sa silhouette de star ou ses magnifiques yeux dorés qui l'intriguaient, mais le mystère qui l'entourait – plus exactement le mystère de son identité et de toute cette affaire.

— Je suis toujours prêt à tendre la main à un ami dans le besoin. Si vous en avez été réduit à faire appel à moi, je suppose que vous avez perdu toute votre fortune et que vous n'avez plus votre équipe de détectives privés. Et d'abord, comment saviez-vous qu'elle viendrait à 16 h 30 ?

— Je la fais suivre depuis deux semaines. Pas besoin de toute une équipe pour ça. En fait, j'ai des raisons de ne pas vouloir que ce soit un de mes hommes qui fasse ce travail. J'en avais déjà chargé un, et il n'a fait que des âneries. Elle a vu qu'il la photographiait, lui a crié dessus, lui a arraché son appareil et l'a frappé avec son sac. Elle l'a même menacé de porter plainte. Un abruti ! Au fait, elle ne t'a pas vu, toi ?

— Non. Mais je ne savais pas que j'avais accepté une mission aussi périlleuse, ironisa Zach. Ça me donne une idée : je pourrais changer de métier et devenir espion. Trêve de plaisanteries, qui est cette femme si redoutable ?

— Ma petite-fille.

Zach écarquilla les yeux.

Ça alors ! Il s'attendait à tout sauf à ça.

Le vieil homme rapprocha l'écran de ses yeux.

— Je trouve qu'elle ressemble à Mia. Quelque chose dans la bouche… Tu savais que j'avais une fille ?

Zach fit oui de la tête.

Tout le monde connaissait l'histoire de cette rebelle qui avait fait plus d'une fois la une de la presse people. La drogue, les hommes… Elle avait, paraît-il, goûté à tout, mais personne ne savait si Alekis l'avait revue depuis le jour où elle s'était mariée contre la volonté de son père, qui, de rage, l'avait déshéritée. C'était la première fois que Zach entendait parler de cette petite-fille. Plus exactement, c'était la première fois qu'il entendait Alekis parler de sa famille. La seule trace de famille qu'il connaissait chez lui, c'était le portrait de sa femme décédée depuis longtemps, accroché dans la superbe demeure de son île privée. Mais, contrairement aux apparences, cette histoire ne l'avait pas laissé indifférent.

— Elle a épousé Parvati, un loser, grommela le vieil homme. Elle s'est jetée à son cou pour me narguer, j'en suis sûr. Et j'avais raison, c'était un bon à rien…

Il hocha la tête.

— Il n'y avait rien à lui faire entendre, à cette gamine. Bref, il l'a abandonnée quand il a compris qu'elle n'aurait pas un sou de moi tant qu'elle vivrait avec lui. Ensuite, elle n'aurait eu qu'à me demander, et je l'aurais…

Visiblement las, il haussa ses maigres épaules.

— Elle a toujours été têtue comme une mule…

Sa voix faiblit. Il ferma à moitié les yeux.

— Les chiens ne font pas des chats, fit observer Zach.

Alekis sourit.

— Mia avait du tempérament. Comme sa fille, à première vue, mais…

Sa voix faiblit de nouveau, il battit des paupières et parut s'endormir.

Zach le fixa, pensif.

Si le portrait qu'il avait vu était ressemblant, la femme d'Alekis était belle, c'était certain, mais très différente de sa petite-fille aux grands yeux mordorés. À dire vrai, il ne voyait même pas de ressemblance. La femme du portrait avait un beau visage régulier mais rien de fascinant, alors que l'image de la jolie fille du cimetière lui trottait dans la tête depuis la seconde où il l'avait vue. Et il avait du mal à la chasser de ses pensées.

Alekis Azaria avait donc une petite-fille.

Jusque-là, Zach pensait qu'il n'avait plus de famille. C'était un point qu'ils avaient en commun, Alekis et lui. Peut-être était-ce, d'ailleurs, ce qui avait resserré leur lien au fil des ans. Dorénavant, ça ne serait plus pareil puisque Alekis semblait vouloir renouer avec ce semblant de famille. Si on lui avait demandé son avis, il lui aurait dit que c'était une mauvaise idée. Mais

Alekis Azaria ne demandait jamais rien et n'écoutait jamais personne. Zach non plus, d'ailleurs. À quoi bon réveiller les démons ? À quoi bon raviver des souvenirs qui n'apportaient ni réponse ni réconfort ?

— C'est peut-être moi qui aurais dû faire un geste, marmonna le vieil homme. J'ai attendu, mais elle n'est jamais…

Il vit celui-ci sécher une larme furtive et regarda ailleurs.

Voir cet homme intraitable flancher le déstabilisait. Peut-être, à l'approche de la mort, acceptait-il de montrer son vrai visage, sa fragilité. Peut-être devenait-il plus humain.

— On a tous des regrets, Alekis.

— Tu en as, toi ?

Zach haussa les sourcils et réfléchit à la question.

— Nous faisons tous des erreurs, dit-il, pensant à sa grand-mère.

Il la reverrait toujours postée derrière son carreau, le regardant partir, les yeux vides, après la dernière visite qu'il lui avait rendue.

— Même si l'on ne fait jamais deux fois la même, poursuivit-il.

Il faudrait être stupide pour commettre deux fois la même bêtise ou… Ou être amoureux. Selon lui, la seconde chose induisait la première. Il ne s'imaginait pas débordé par ses hormones. Il n'était pas moine et estimait que faire l'amour faisait du bien, que c'était nécessaire, mais il n'invitait aucun sentiment dans ses galipettes. Cela lui valait une réputation d'homme à femmes sans cœur, ce dont il se moquait. Vivre avec la même personne une vie entière ? Ça, jamais ! Pas pour lui !

— Désolé, mais non, pas de regrets, reprit-il. C'est trop tard pour ça.

Alekis se racla la gorge. Sa voix se raffermit.

— Moi, je veux me racheter. J'ai l'intention de laisser

ma fortune à cette gosse. Navré pour toi si tu pensais tout récupérer.

— Je n'ai pas besoin d'argent.

— Ah ! toi et ton foutu orgueil ! Si tu m'avais laissé faire, tu serais arrivé au sommet beaucoup plus vite ou, en tout cas, en ayant moins d'efforts à faire.

Zach haussa les épaules.

Il savait tout ce qu'il devait à cet homme, et l'armateur le savait aussi.

— Et le plaisir de réussir rien que pour narguer les autres, alors ? Et puis, vous m'avez aidé. Mon éducation, c'est vous, et vous m'avez guidé. Vous m'avez fait un cadeau qui n'a pas de prix, Alekis…

Il sourit lentement.

— Bien, cessons de tourner autour du pot. Qu'attendez-vous de moi ?

Le vieux Alekis fixait toujours l'écran du portable.

— Amène-la-moi. Tu veux bien ?

Le visage au regard doré dansa devant les yeux de Zach, et il sentit une émotion indéfinissable l'envahir à la pensée de le revoir.

Il fronça les sourcils.

— Vous l'amener ? Vous voulez dire, heu… l'enlever ?

— Non. Je ne pense pas qu'on ait besoin d'en arriver là.

— J'espère bien !

Le vieil homme fit celui qui n'entendit pas.

— Elle a un nom ? demanda Zach.

— Oui. Katina. Elle n'a de grec que son prénom, car elle est née en Angleterre. En fait…

Zach lut l'embarras sur la figure du malade.

Mieux vaudrait qu'ils changent de sujet pour épargner son cœur.

Mais Alekis était décidé à poursuivre.

— Elle est seule depuis longtemps. Elle pense sûrement qu'elle n'a personne. Je veux réparer ça, mais je crains que le choc ne…

— Je suis certain qu'elle le supportera très bien. Découvrir qu'on est sur le point de devenir riche, très, très riche, c'est un choc dont on se remet facilement, non ?

— Le choc culturel, précisa le grand-père. Elle va devenir une riche héritière dont la fortune sera convoitée par des chercheurs d'or. Il va falloir la protéger de ces gens-là.

— Compte tenu de ce que vous dites d'elle, elle semble bien capable de se défendre toute seule.

— Elle a du caractère, mais ça ne suffit pas. Il faut lui apprendre comment les choses fonctionnent. Et moi, je suis coincé ici, dans ce foutu lit. C'est pour ça que…

Devinant où le vieil homme voulait en venir, Zach lui coupa la parole.

— J'aimerais pouvoir vous aider, mais si je vous suis bien, c'est un job à plein temps que vous m'imposez.

Son mentor poussa un soupir désespéré qui l'exaspéra, et il le montra.

— Vous savez, Alekis, laissa-t-il tomber, il nous arrive de l'oublier, mais moi aussi, je vous ai sauvé la vie.

— Je sais, répondit celui-ci tristement. Et tu as le droit de refuser…

Nouveau soupir.

— Tu ne me dois rien, et ne vas pas imaginer que c'est une façon indirecte de te faire payer ta dette. Je vais signer une décharge…

Zach comprit qu'il était fichu.

La première leçon qu'il avait apprise en vivant dans la rue, c'est de penser d'abord à lui. La deuxième, c'était d'éviter les problèmes. Les siens, c'était les brutes. Il les détestait. Mais un jour, quand il avait vu une bande de voyous armés de couteaux encercler le vieil homme qui refusait de leur donner son argent, il avait vu rouge et s'était rué sur eux, déterminé à les affronter en dépit du danger.

Il n'aimait pas se rappeler le passé. Il avait agi spontanément et estimait aujourd'hui qu'il n'y avait rien eu d'héroïque dans son geste. Ce fameux jour, quand il avait senti la lame du couteau qu'un de ces abrutis lui plantait entre les côtes, il s'était tout simplement traité de crétin.

Il avait peut-être sauvé la vie du vieil homme, mais Alekis lui avait donné accès à une autre vie, et il ne lui avait rien demandé en échange jusqu'à présent.

Grinçant des dents, il regarda la mine résignée du vieux Grec qui se muait en rictus.

— Bien, si tu ne veux pas…

— N'exagérez pas, gronda Zach à la fois amusé et agacé par l'habileté du vieil homme à le manipuler.

— C'est important de contrôler les infos qui fuitent, enchaîna Alekis. Je sais que je peux compter sur toi pour ça. Les médias vont se jeter sur elle. Il faut être prêt. Elle doit être prête… Foutez-moi le camp !

L'aimable injonction s'adressait à une deuxième infirmière, qui ne se laissa pas intimider et entra dans la chambre comme si de rien n'était.

— Je vous le laisse. Courage, dit Zach en se levant.

Il recula un peu et ajouta, avant que le patient n'ait le temps de réagir :

— Vous n'aurez qu'à m'adresser par mail les renseignements nécessaires. Donnez-moi les détails, je m'en occupe. En attendant, reposez-vous.

Kat, les bras en l'air, se mit à effectuer une sorte de danse dans son petit bureau tant elle était contente.

Excitée par ce qu'elle avait lu, elle avait balancé la lettre sans regarder où celle-ci était retombée. Elle arrêta de gesticuler, la ramassa sur la table aux pieds branlants qui lui servait de bureau, et la relut jusqu'au bout, au cas où elle aurait mal compris.

Elle avait bien lu. Mais ce que la lettre ne précisait pas, c'était l'identité de la personne qui était si impatiente de la rencontrer chez l'avocat.

Elle haussa les épaules.

Sans doute était-ce le représentant d'un milliardaire ou d'une entreprise florissante, connu pour sa philanthropie qui avait reçu un de ses appels – une perte de temps, lui avaient assené ses collègues, toujours encourageants.

Peu importait. Si un seul de ses appels était entendu et qu'elle recevait un don pour le refuge, ce serait toujours ça de pris ! Qui sait ? Ce serait peut-être le premier chèque d'une longue série, et la municipalité serait bien obligée d'accepter son projet.

Un petit coup retentit sur la porte, qui s'entrebâilla. Une tête apparut.

— Ah ! C'est toi, Sue !

Sa collègue entra et sourit.

— Je vois que tu as ta tête des bons jours. Sois réaliste, Kat. Tu sais bien que c'est une cause perdue. D'ailleurs, j'ai un entretien lundi. Il faudra que je m'absente.

— Comment ? Tu laisses tomber ? Tu cherches un autre boulot ?

— J'adore ton enthousiasme, Kat. Tu es une battante. Moi, pas. Et puis, il faut que je gagne ma vie.

— Ne dis pas ça, tu es une grosse bosseuse, toi aussi.

— Peut-être. Mais tu sais ce que c'est, les factures à payer ? J'ai cinq bouches à nourrir, et je suis seule pour ça.

Kat faillit annoncer à Sue la bonne nouvelle, mais y renonça.

Inutile de lui donner de faux espoirs.

Elle secoua la tête.

— Je sais que tu penses que je suis folle. Mais moi,

je crois vraiment que ça va marcher, qu'on va intéresser quelqu'un.

Sue lui sourit.

— J'espère que l'avenir te donnera raison et que tu ne perdras jamais ton indéboulonnable optimisme.

— Pour l'instant, je garde le moral. Pour lundi, c'est bon. Je te remplacerai. Bonne chance !

Elle attendit que Sue ait refermé derrière elle et s'assit à son bureau, pensive.

Son mystérieux interlocuteur était quelqu'un de pressé, car le rendez-vous était fixé au lendemain matin et la lettre avait été envoyée en pli urgent. Elle pouvait déjà rayer deux noms de sa liste, des organismes qui lui avaient répondu négativement avec beaucoup de courtoisie. Qui restait-il ?

Dans le fond, quelle importance ? Ce qui comptait, c'était qu'elle ait intéressé quelqu'un. Elle allait tâcher de vendre son affaire avec les meilleurs arguments possible. L'avenir de son projet en dépendait.

Sentant l'excitation monter, elle poussa un soupir.

Il fallait qu'elle se prépare pour bien plaider sa cause. L'échec n'était pas envisageable !

Pendant le reste de la journée, elle dut résister à l'envie d'annoncer la nouvelle au petit monde de ses collègues, plus défaitistes les uns que les autres. Elle n'avait pas envie de recevoir une douche froide, d'essuyer leur pessimisme.

Elle n'avait donc personne pour la conseiller sur la tenue à mettre pour se rendre à son rendez-vous…

De toute manière, elle n'avait guère le choix. Elle aimait les vêtements et la mode en général, mais c'était son budget qui ne suivait pas. Elle avait quelques pièces de fonds, des achats pulsions et des tenues trouvées en solde ou dans des dépôts-ventes, qui la plupart du temps ne lui allaient pas et finissaient immanquablement à la Croix-Rouge.

Pour l'heure, il fallait qu'elle se décide.

Plantée devant son placard, elle hésita. Elle avait une robe pas mal, là, accrochée à côté de tenues plus banales. Elle avança la main et toucha la soie, d'un bleu profond, qui glissa entre ses doigts comme une caresse. Celle-là était jolie, elle serait parfaite pour impressionner son interlocuteur le lendemain.

Elle passa ensuite aux chaussures, ce qui lui prit plus de temps. Son choix arrêté, elle décida qu'il lui fallait un plan d'attaque. Et, pour commencer, un sourire qui n'ait pas l'air forcé mais authentique. Un sourire gagnant qui aille droit au cœur. Il ne lui restait qu'à s'exercer.

Elle se posta devant la glace et se regarda. Les yeux plissés, le front froncé à force de détermination…

Pour le sourire gagnant, ce n'était pas gagné. Il y avait du travail !

2.

Zach était attendu. Dès son arrivée au cabinet Asquith, Lowe and Urquart, on le fit entrer dans la salle de réunion.

— Mlle Parvati ne devrait pas tarder, annonça l'assistante. Mais comment va M. Azaria ? Le bruit court qu'il…

— Il y a tout le temps des bruits qui courent, l'interrompit Zach avec un haussement d'épaules.

Me Asquith entra et le salua.

— Un café ?

— De l'eau suffira, merci.

Tandis que la porte se refermait sur l'assistante, Zach regarda autour de lui.

La pièce avait tout d'un club anglais du siècle passé. Acajou et cuir patiné, et Me Asquith n'était plus un jeune homme non plus.

Zach ouvrit sa tablette et lut ce que le bureau d'Alekis lui avait fait parvenir.

Ah ! voilà ! Il savait maintenant pourquoi Alekis estimait qu'il devait se racheter : Katina avait été abandonnée et confiée à l'Assistance publique.

Il n'était pas choqué par ce qu'avait fait la mère de Katina – il n'était plus choqué depuis longtemps par les bassesses des êtres humains. Mais il était plutôt surpris qu'Alekis, qui avait eu les moyens de suivre les errements de sa fille, n'ait pas décidé d'intervenir. S'il le faisait maintenant, c'était pour le moins tardif…

On avait beau dire : « Mieux vaut tard que jamais », à son avis, c'était trop tard. Les ravages étaient faits. Souvent irréversibles. Tout dépendait de leur ampleur. En ce qui concernait cette fille, une chose était sûre, elle avait dû batailler pour s'en sortir. C'était une rescapée.

Il jeta un autre coup d'œil à sa tablette.

Apparemment la jeune femme n'avait pas eu maille à partir avec la justice, à moins que son grand-père ait falsifié délibérément la vérité. Elle avait, semble-t-il, un travail stable.

C'était tout à son honneur. Tout compte fait, l'abandonner était peut-être la meilleure chose qu'avait faite sa mère.

Mais il fallait être réaliste, on ne survit pas indemne à ce genre d'enfance. On apprend à mettre ses intérêts en premier et, nécessité faisant loi, on devient égoïste. Il avait de bonnes raisons de le savoir. Par expérience il avait appris qu'on n'échappe pas à son passé, qu'on le trimballe toute sa vie avec soi et que, pour survivre, il ne faut penser qu'à soi.

Lui aussi était un rescapé, et il préférait passer pour un égoïste plutôt que pour une victime. À bien y réfléchir, quand avait-il fait passer les besoins des autres avant les siens ? Pas souvent, car il ne s'en souvenait pas. Ce qui, au demeurant, ne lui posait aucun problème de conscience. Au lieu d'être amer en repensant à son enfance, il s'en estimait satisfait : elle l'avait endurci. Elle avait forgé l'homme qu'il était aujourd'hui, un homme qui avait réussi et qui profitait à plein de ses succès.

Il referma sa tablette et allongea les jambes, un peu nerveux.

La jeune femme dont il allait faire la connaissance avait eu une enfance chahutée. Le fait que, comme lui, elle n'ait pas eu une jeunesse facile ne créait pas d'emblée un lien particulier. En revanche, cette particularité le mettrait mieux à même de la cerner. Mieux que d'autres.

Par exemple, sur la photo, l'espèce d'innocence qui se lisait dans son regard était certainement une illusion. La perte de l'innocence est l'un des premiers dégâts dont sont victimes ceux qui ont ce genre d'enfance.

On frappa à la porte.

— Mlle Parvati, annonça l'assistante.

Me Asquith se leva.

— Entrez, mademoiselle. Asseyez-vous.

Zach releva les yeux.

Theos ! Ce n'était ni l'illuminée qu'il avait vue dans la brume du cimetière ni une femme prématurément durcie par la vie. Il n'avait sans doute jamais vu de créature aussi belle.

Première impression, cette femme était élégante, racée, sensuelle. Gracieuse et fine comme elle était, il l'imaginait bien dans le Lac des Cygnes. Sa robe laissait deviner des courbes parfaites, et ses talons aiguilles allongeaient encore des jambes interminables. Avec ces talons, elle était aussi grande que l'avocat. Près d'un mètre quatre-vingts. Elle était vêtue simplement – sobre mais chic. Avec la ligne qu'elle avait, elle aurait été sublime avec n'importe quoi sur le dos.

Subjugué par sa beauté, son esprit s'envola dans la stratosphère sans qu'il y puisse rien. Quand il revint sur terre, après quelques secondes de complète absence, il avait le corps en feu.

S'étant assise avec modestie, Katina Parvati écoutait attentivement l'homme qui lui parlait, ce qui laissait à Zach tout loisir pour continuer de l'admirer.

Malgré sa libido qui le prenait à la gorge, il l'étudia, du coin de l'œil.

Elle était de profil et acquiesçait de la tête à ce que disait son interlocuteur, avec parfois un battement de paupières.

Ce profil de madone, ce nez bien droit, ces sourcils bien dessinés… Elle avait un visage parfait, encadré par des cheveux souples retenus sur la nuque. Leur masse sombre glissait dans son dos à la façon d'une écharpe soyeuse. Plutôt foncés sur la photo, ils étaient en fait d'un brun chaud strié de mèches caramel qui donnait envie d'y plonger les doigts.

Sa tête, penchée sur le côté comme pour mieux écouter, accentuait la longueur de son cou. Ses longs cils qui faisaient penser à des ailes de papillons venaient effleurer la peau délicate de ses joues joliment arrondies.

C'était charmant, irrésistible de douceur.

— Je vais vous laisser avec M. Gavros.

— M. Gavros ? répéta Kat.

Comme tout le reste de sa personne, sa voix était divine.

Elle tourna la tête vers lui.

Ah ! ces yeux ! Ils étaient d'une couleur incroyable. Ni marron ni noisette, mais couleur d'ambre et légèrement bridés, ce qui conférait à son regard un caractère très original et impossible à oublier.

Kat avait bien noté la présence d'un autre homme dans la pièce mais, en femme qui sait se tenir, ne l'avait pas regardé pendant que l'avocat s'adressait à elle.

Au premier regard, ce qu'elle remarqua tout de suite, ce ne fut pas son uniforme de bourgeois bien né, sa veste en cachemire gris ou sa cravate en soie violette. Non, ce fut sa sensualité. Car il transpirait la sensualité. C'était tellement criant que c'en était gênant.

Ses yeux s'attardèrent malgré elle sur sa bouche avide, la pièce lui parut subitement minuscule, et elle sentit une angoisse lui serrer la poitrine. Son cœur battait comme un fou. Et pas seulement son cœur. Elle avait les nerfs à fleur de peau, les sens exacerbés. Les odeurs de cuir et de bois de l'étude lui donnaient envie de toucher cet homme qui avait l'air de dominer tout avec une aisance infernale.

Bref, elle était pathétique.

Elle n'avait jamais été claustrophobe jusque-là,

pourtant ! C'était cet homme. Il avait quelque chose de félin dans sa façon de se mouvoir et en même temps une énergie qu'il dissimulait sous un calme trompeur…

Elle ne savait pas à quoi elle s'attendait, mais certainement pas à ça !

Consciente du risque qu'elle prendrait si elle lâchait la bride à son imagination, elle inspira profondément.

— Bonjour, dit-elle.

Elle lui décocha son sourire le plus faux, à la fois désarmant et impersonnel, commercial à souhait en fait, qu'elle avait répété plusieurs fois en venant. Difficile à faire maintenant, compte tenu des drôles de sentiments qui se bousculaient en elle.

En moins de dix secondes, elle l'avait détaillé.

Il était très athlétique, ce qui ne l'empêchait pas d'être grand et élancé. Il portait avec élégance un très beau costume. Son visage et ses mains étaient bronzés, une couleur chaude qui contrastait avec la blancheur immaculée de sa chemise. Il avait aussi un regard troublant, très noir, souligné par d'incroyables cils.

C'était un péché d'être aussi beau, de dégager tant de sensualité.

— Bonjour, répéta-t-elle, voyant qu'il ne réagissait ni à son salut ni au sourire qu'elle plaquait sur son visage.

Elle se donnait du mal, pourtant !

Elle se força à continuer de sourire en tâchant d'ouvrir un peu plus la bouche et tendit la main.

— Oh ! gémit-elle en voyant le dossier qu'elle tenait sur ses genoux se répandre par terre avec tout son contenu.

Comment avait-elle pu lâcher ce dossier si précieux ? C'était humiliant.

— Je suis désolée, s'excusa-t-elle en se baissant pour ramasser les documents qu'elle remit en vrac dans le dossier.

Ne pas se laisser impressionner, s'intima-t-elle. *Penser à quelque chose de triste…*

Elle se redressa, les joues en feu… Et *flop* ! Certains des papiers retombèrent.

Elle se mordit la langue pour retenir la bordée de jurons qui lui brûlaient les lèvres.

Zach s'était levé. Profitant de ce que Katina se baissait pour ramasser les derniers papiers éparpillés, il regarda, fasciné, sa queue-de-cheval glisser sur son épaule.

Ses cheveux brillaient comme de la soie. L'étoffe de sa robe se tendait sur son buste, sa taille, ses reins… Immanquablement, le bas de ses reins attira son regard, et l'effet sur lui fut immédiat…

Vite, il détourna les yeux, ahuri autant que troublé.

Quand avait-il réagi aussi violemment pour la dernière fois ? Cela faisait longtemps qu'il n'avait pas ressenti cette impression de brouillard dans les yeux, cette chaleur en bas du ventre, ce besoin impérieux d'assouvir une pulsion. Si Alekis le voyait à cet instant, il douterait de son choix. Il regretterait de l'avoir désigné comme protecteur et mentor.

Peut-être pas, après tout ? Quoi de plus radical pour garder les moutons qu'un loup dans la bergerie ?

À condition, toutefois, que le loup sache contrôler son instinct.

Gêné par le silence qui s'éternisait, il se racla la gorge.

— Vous ne vous rasseyez pas ?

Comme Kat sentait ses genoux s'entrechoquer, elle s'empressa d'accepter.

— Si. Merci. Au fait, je m'appelle Kat, dit-elle s'asseyant sur le siège qu'il lui montrait.

— Bonjour, Katina.

Elle regarda son interlocuteur, étonnée d'entendre son prénom dans son intégralité.

La dernière personne à l'avoir appelée comme cela était sa mère. Pendant des années, elle s'était dit qu'aussi longtemps qu'elle entendrait la voix de sa mère dans sa tête, celle-ci ne serait pas partie… Qu'elle pourrait revenir. Cette certitude et la voix de sa mère s'étaient évanouies. Mais dans son souvenir, son nom dans la bouche de sa mère ne glissait pas telle une caresse, comme sur la langue de cet homme.

— Kat, ça suffira, précisa-t-elle.

Elle se sentait agitée intérieurement. S'il l'avait appelée plus formellement « mademoiselle », la situation aurait été plus simple. Et s'il voulait bien arrêter de la fixer avec ces yeux-là, elle pourrait cesser de trembler. C'était perturbant d'être transpercée par un regard aussi noir. Elle était ici pour faire un petit speech dans le but de sauver ce projet que son association était sur le point de perdre. Il n'était pas question d'elle. Elle devait se concentrer sur son objectif.

Se rappelant que beaucoup de personnes comptaient sur elle, elle se força à ignorer sa bouche gourmande, ses yeux dévorants, le tic nerveux qui creusait sa joue droite, et tout ce que cet inconnu projetait de terriblement… distrayant.

— De l'eau ?

Très franchement, elle aurait préféré quelque chose de plus fort, mais se garda de le lui faire savoir.

— Non merci, ça va.

Justement non, ça n'allait pas ! Elle ne s'était jamais sentie aussi nerveuse, et cet homme devait se demander ce qu'elle faisait là.

Elle se racla la gorge.

— Vous devez avoir pas mal de questions à me poser.

Il haussa les sourcils, l'air surpris.

— Je pensais plutôt que ce serait vous qui en auriez à me poser !

— Bien vu.

Elle lança ce qu'il lui passait par la tête.

— Comment dois-je vous appeler ?

De toute évidence, ce n'était pas la question à laquelle il s'attendait.

— En fait, enchaîna-t-elle en levant la main, ça nous est égal de savoir qui vous représentez… Enfin, pas vraiment. Ce que je veux dire, c'est que nous ne pouvons pas accepter quoi que ce soit de… d'une source, heu… comment dire… illégale. C'est évident. Le blanchiment, vous voyez ce que je veux dire.

— C'est évident, répéta son interlocuteur.

Son regard la fouilla, comme s'il était intrigué par ce qu'elle disait.

— Ce n'est pas que vous ayez l'air d'un criminel ou de je ne sais quoi, s'empressa-t-elle d'ajouter.

Il eut un rictus amusé.

— Pour vous rassurer, voulez-vous que je produise un extrait de mon casier judiciaire ?

Préférant ignorer le sarcasme, elle poursuivit, l'air de rien, remarquant tout de même que, même lorsqu'il souriait, son regard restait dur. Il n'y avait aucune chaleur chez lui.

— Nous sommes très heureux que vous soyez disposés à nous aider.

— Nous ?

Elle rougit mais ne se laissa pas démonter par son ton sarcastique. Elle tendit le dossier qu'elle avait entre les mains et lui montra le logo sur la couverture.

— Nous, c'est notre projet, le Hinsdale, un refuge pour les familles dans le besoin. *Lady* Laura Hinsdale – elle insista sur le titre susceptible de l'impressionner – l'a ouvert dans les années 1990. À l'époque, il y avait juste une maison avec deux pièces en haut et deux en bas. C'était basique. Aujourd'hui, la capacité d'accueil s'est agrandie. L'association peut recevoir trente-cinq femmes à la fois à condition qu'il n'y ait pas trop d'enfants. En 2015, on a acheté la chapelle qui se trouvait de l'autre côté de la rue. C'est devenu une infirmerie et une crèche. Lady Laura est décédée, mais elle serait fière qu'on ait réussi à poursuivre son œuvre.

Si sa mère avait connu le Hinsdale ou un endroit semblable, leurs deux vies auraient été différentes…

Zach nota le nuage de tristesse qui voilait subitement les yeux de Katina.

Ce n'était pas gentil de la laisser parler sans se dévoiler, mais ce bavardage lui permettait de mieux la cerner. C'était utile puisqu'il allait devoir jouer les baby-sitters.

— Quel est votre rôle dans cette organisation ? s'enquit-il.

Elle se pencha vers lui pour répondre, avec un enthousiasme qui le fit sourire.

— Moi ? Je dirige le refuge avec une équipe, des bénévoles surtout, ce que j'étais moi aussi quand j'ai commencé. Maintenant, je suis salariée…

Elle reprit son souffle et continua.

— Notre équipe est totalement dévouée, vous savez. Comme je viens de le dire, ce sont surtout des bénévoles. Nous ne refusons personne. Nous devons cela à lady Laura, son œuvre doit lui survivre !

Visiblement émue au souvenir de ce qu'elles avaient fait ensemble, elle ravala un début de sanglot.

Bon Dieu, il faudrait qu'elle modère son enthousiasme pour ne pas passer pour une espèce d'illuminée !

Il changea de position, vaguement gêné.

— Et vous avez besoin d'argent ? De combien ?

Son ton caustique fit tiquer la jeune femme.

— Oh ! dit-elle très vite, n'allez surtout pas penser que nous attendons de vous que vous bouchiez la totalité du trou dans nos finances !

Ce fut plus qu'il n'en put supporter.

— Pour ce qui est de négocier, Katina, vous n'êtes pas bonne. Vous êtes même mauvaise. Catastrophique. Nulle !

Elle se raidit, puis riposta.

— Je suis venue ici, persuadée que vous vouliez soutenir financièrement le refuge, c'est pour ça que…

Les mains à plat sur la table, elle s'enflamma.

— Écoutez, si c'est moi qui gêne, il y a d'autres gens qui sont capables de prendre ma place. Ce qui est important, c'est ce qu'on fait, pas les personnes.

— Pourquoi ramenez-vous tout à vous ? On dirait que tout tourne autour de vous.

Elle piqua un fard.

— Pas du tout. Seulement, j'ai l'impression que vous me trouvez… Que vous ne m'aimez pas…

Elle semblait déchirée par un conflit intérieur. Elle attendit un peu, espérant sans doute qu'il la détrompe.

Il ne dit rien, continuant de la scruter, incrédule.

Voilà une femme qui devrait absolument éviter de jouer au poker ! Lui, né joueur, se régalait de voir les autres s'empêtrer dans leurs justifications.

— S'il vous plaît, il ne faut pas que vous preniez de décision en fonction de moi, reprit Katina. Je ne suis pas irremplaçable. Ils sont tous très dévoués dans l'équipe…

Elle s'arrêta et le regarda dans l'espoir qu'il réagisse, mais cette fois encore il ne cilla pas. Arrivée à ce stade – elle n'avait plus rien à perdre –, elle pointa le menton crânement.

— J'ai tous les chiffres là, dit-elle en tapotant son dossier.

Elle l'ouvrit et feuilleta.

— La moyenne des séjours chez nous… Zut ! Ce n'est pas la bonne page !

Rougissante, elle farfouilla dans les papiers.

— Peu importe la moyenne, dans le fond. Chaque cas est différent, et on s'adapte aux besoins de chacun. Mon assistante, par exemple… Elle est arrivée au centre en tant que cliente. Son mari la battait. Elle travaille avec nous à temps plein, maintenant, et…

Il leva la main pour arrêter son flot de paroles.

— Je suis convaincu que vous défendez une cause

valable, mais ce n'est pas pour cela que l'on vous a fait venir.

— Pourquoi, alors ? demanda-t-elle, agressive.

Il s'amusa à regarder ses yeux couleur d'ambre vibrer de colère et d'un brin de mépris.

— Je suis là pour Alekis Azaria.

Le nom sembla lui dire vaguement quelque chose.

— Le Grec ?

Si le nom lui disait quelque chose, elle n'avait visiblement aucune idée de qui était Alekis.

Il fit oui de la tête.

— Comme vous.

Elle fronça les sourcils.

— Vous dites ça à cause de mon nom ? Vous faites erreur. Enfin… Je crois que j'ai un peu de sang grec, mais je ne suis jamais allée là-bas. Est-ce que vous… ?

— Oui, je suis grec, comme M. Azaria.

— C'est lui qui m'a fait venir ici ? Pourquoi donc ? Je n'ai jamais entendu parler de lui. Qu'est-ce que j'ai à voir avec lui ?

— C'est votre grand-père.

3.

Manquant d'air, Kat se plaqua la main sur la poitrine et inspira plusieurs petites bouffées d'air à la suite.

— Mais… Je n'ai pas de famille. Je n'ai personne. Je ne vois pas comment je pourrais avoir un grand-père !

— On a tous deux grands-pères, même moi.

Elle ne chercha pas à savoir ce que signifiait ce « même moi ». Elle était en état de choc, comme si elle était entrée tête la première dans un mur de brique.

— Je ne connais rien de mon père, à part son nom sur mon acte de naissance !

Il ne lui était jamais venu à l'esprit de rechercher celui qui avait abandonné sa mère alors qu'elle avait à peine accouché.

— Il ne s'agit pas de votre père mais de la famille de votre mère. C'est son père que je représente. C'est lui qui m'envoie.

Interdite, elle finit par se rasseoir.

Sa maman ! Elle se rappelait bien les histoires au lit, le soir, quand elle était petite et heureuse. Mais était-ce vrai, ou inventait-elle ces années dorées ?

— Votre grand-père vous recherche. Il veut vous tendre la main.

Elle bondit de sa chaise, outrée.

— Pour quoi faire ? Je n'ai aucune envie qu'on me tende la main !

Elle savait bien pourquoi elle n'avait jamais fait

confiance aux hommes trop beaux pour être honnêtes comme ce beau gosse après qui toutes les filles couraient, qui lui avait versé quelque chose dans son verre, un soir dans une boîte de nuit.

— C'est une blague ?

— Non, c'est vrai.

— Il est riche, au moins ? ricana-t-elle.

— Il n'est pas pauvre.

Elle serra les dents très fort.

— Ma mère était... Elle était pauvre, très, très pauvre.

Elle regarda avec dédain son interlocuteur, sans même chercher à décrire cette mère qu'une existence minable avait conduite à la drogue et aux dealers.

Un homme comme lui, habillé comme lui, qui transpirait la suffisance que donnent la réussite et l'argent, ne pouvait pas comprendre ce qui précipite une personne piégée par l'indigence dans le déclassement puis la dégradation, pour finir dans le caniveau. Une des raisons pour lesquelles elle évoquait rarement son passé était la réaction des gens. Elle les classait dans deux camps : ceux qui la regardaient avec pitié et ceux que cela mettait mal à l'aise. Elle redoutait les deux.

Ce type, là en face d'elle, incarnait tout ce qu'elle n'aimait pas. C'était à l'évidence un nanti bourré de privilèges parce que né avec une cuiller d'argent dans la bouche. Un sans-cœur dépourvu d'éthique et d'humanité !

D'accord, elle avait peut-être tort de juger sans savoir. C'était une faiblesse chez elle qu'elle n'arrivait pas à corriger : les jugements hâtifs.

Elle haussa les épaules.

— Il ne lui a pas tendu la main.

— Non.

Elle frémit.

— Où était-il quand sa fille avait besoin de lui ? S'il est aussi nul en grand-père qu'en père, je ne vois pas pourquoi je le verrais.

— Je ne sais pas, susurra Zach en observant sa réaction. Peut-être parce qu'il est riche, justement.

Elle le toisa d'un regard de mépris tel qu'il n'avait jamais vu personne en porter sur lui jusqu'à présent.

Elle n'était pas intéressée, cela se voyait au regard plein de reproche qu'elle posait sur lui. Dommage. Si elle avait été intéressée, ça aurait été plus simple.

C'était étonnant à quel point elle était transparente. Ce qu'elle pensait se lisait sur son visage sans qu'elle ait un mot à dire. C'était fascinant à voir. Elle s'était relevée si brusquement que sa queue-de-cheval s'était balancée d'une épaule à l'autre. Elle brillait tellement, elle était si soyeuse qu'il ne put s'empêcher de penser à l'effet que cela ferait si elle lâchait ses cheveux dans son dos.

Bon sang, ce qu'elle était belle ! Non seulement la colère lui allait bien, mais cela la rendait dix fois plus désirable encore.

— Si je vous comprends bien, le nargua-t-elle, pour vous, tout le monde a un prix ?

— Absolument.

Cette fois, il commençait *vraiment* à lui porter sur les nerfs.

— Moi, pas. Je me fiche de l'argent et des… des choses matérielles en général.

Il sourit, narquois, conscient qu'elle l'aurait bien giflé.

— Je veux bien vous croire, mais ça ne colle pas avec ce que vous êtes venue demander.

Elle soupira.

— Ça n'a rien à voir.

Il cessa de fixer la petite veine bleue qui battait à la base de son cou pour la regarder dans les yeux.

— Si vous le dites.

— Je ne suis pas venue mendier, ce n'est pas pour moi.

— Je sais, dit-il d'un ton las, comme si cet échange commençait à vraiment lui peser. Je sais que c'est « pour les autres ». Alors, réfléchissez un instant. Réfléchissez à ce que vous pourriez apporter « aux autres » si vous aviez accès à l'argent dont votre grand-père dispose.

Notant une seconde de flottement, il ajouta :

— Vous voyez, tout le monde a un prix, même vous.

La riposte fusa.

— Il n'y a pas de « même vous », monsieur. Je n'ai jamais dit que j'étais mieux que les autres.

Sourire en coin, il la regarda se mordiller la lèvre. Elle était exaspérante avec cette façon d'avoir réponse à tout. Et elle se défendait mal.

— Si vous le dites…

Elle s'étouffa à moitié et toussa.

— Je le dis parce que… Parce que ça ne m'intéresse pas de connaître ce genre de personne… capable d'abandonner sa fille.

— C'est peut-être elle qui l'a abandonné.

Elle le foudroya du regard.

Elle était encore plus belle quand elle était en colère, il s'en était déjà fait la remarque. Mais, là, il était peut-être allé un peu loin.

Pour sa défense, il ne lui paraissait pas déraisonnable de supposer que la perspective de devenir riche au-delà de ce qu'il est possible d'imaginer puisse faire taire la colère d'une héritière à l'encontre d'un grand-père qui avait brillé par son absence.

Il n'avait jamais été en admiration devant les gens prêts à refuser des avantages au nom de principes. Et il l'était d'autant moins quand ces prétendus principes lui rendaient la tâche plus ardue ! En fait, il était quasi certain que, au bout du compte, Katina Parvati accepterait cette manne.

C'était trop tentant ! Elle trouverait bien un moyen de se raconter qu'elle ne trahissait pas ses principes !

À lui de l'aider à s'en convaincre.

— C'était son père, gronda-t-elle, tremblante. Les parents doivent s'occuper de leurs enfants.

— Dans un monde idéal, oui.

Il était bien placé pour savoir que, justement, le monde n'était pas parfait. Il n'y avait qu'une idéaliste déconnectée de la réalité comme cette fille pour croire en dépit de son expérience qu'ils vivaient dans une bulle merveilleuse.

Elle ragea ostensiblement.

— Ça n'a rien à voir avec un monde parfait ! Il est question d'amour. D'amour inconditionnel. Évidemment, vous, vous ne savez pas ce que c'est.

— Vous avez sans doute raison, prétendit-il, refoulant l'image qui s'imposait dans sa tête.

Le visage amaigri, les mains abîmées de sa mère épuisée par de dures besognes… Ce souvenir était source de chagrin, raison pour laquelle il préférait ne jamais y penser.

— Et vous ?

Se sentant agressée, elle riposta.

— Moi, je suis tous les jours en contact avec des femmes prêtes à se sacrifier pour leurs enfants.

— Et alors ? Cela compense le fait que votre mère vous a abandonnée ?

Il comprit qu'il l'avait touchée et regretta sa remarque. Mais c'était trop tard, le mal était fait.

— Il n'est pas question de ma mère, protesta-t-elle, verte de rage.

— Vous ne me ferez pas croire que vous ne lui en voulez pas de vous avoir abandonnée. Moi, ma mère m'a laissé en route parce qu'elle est morte. Je lui en ai voulu très longtemps d'être morte…

Il sentit l'air se bloquer dans sa poitrine.

Ces mots, il ne les avait jamais pensés et encore moins prononcés, et ils lui étaient venus avec une énorme charge de regrets et de colère.

Mais il se reprit très vite.

— Vous n'allez pas me faire croire que vous ne lui en avez jamais voulu de vous avoir déposée comme un paquet sur des marches.

Elle ne s'en souvenait peut-être *vraiment* pas. C'était sans doute ce qui lui permettait de continuer à se mentir.

Elle ferma les yeux, puis le fixa avec décision.

— C'étaient les marches du cabinet d'un médecin. Ma mère savait que, là, quelqu'un me trouverait, que je ne risquais rien.

Il essaya de repousser l'image poignante d'une toute petite fille assise sur une marche, attendant sagement une mère qui n'était jamais revenue.

— Il y a des gens à qui on devrait interdire d'avoir des enfants, déclara-t-il.

Cela faisait longtemps qu'il avait décidé qu'il n'en aurait pas. C'était trop facile pour un mauvais parent de martyriser un enfant. Alors, pourquoi prendre le risque ?

— Elle était désemparée. Elle n'avait nulle part où aller.

— Vous tenez absolument à la faire passer pour une pauvre victime innocente ? C'est elle qui avait fugué de chez votre grand-père. Ce n'était plus une gamine, elle était adulte.

Devant les arguments qu'il avançait, Katina resta un instant muette, puis elle haussa les épaules.

— Si ce prétendu grand-père a tellement envie de me voir, que fiche-t-il ? Il n'avait qu'à venir au lieu de vous dépêcher.

— Il est en soins intensifs.

C'était excessif compte tenu des dernières infos qu'il détenait. Alekis respirait sans assistance, il y avait un mieux.

Elle le regarda, interloquée.

— Je suis désolée pour lui, maugréa-t-elle. Mais il

n'y a pas de place dans ma vie pour quelqu'un que je méprise.

Cette réaction de la part d'une fille qui semblait pourtant avoir le mot « générosité » placardé dans l'ADN ne le surprenait pas.

Il s'appuya au dossier de sa chaise, narquois.

— C'est ça, bien sûr !

— Quoi donc ?

— Je me demandais qui vous me rappeliez.

— Qu'est-ce que vous racontez ? s'inquiéta-t-elle.

— Vous me rappelez quelqu'un qui ignore le mot « compromis », qui est incapable de pardonner à une personne qui lui a tourné le dos, à n'importe qui en fait, même de sa famille. Oui, surtout de sa famille… Et qui ne vit pas en accord avec ce qu'il prône.

Il arqua les sourcils.

— Ça vous dit quelque chose ?

Elle réagit avec violence.

— Je n'ai *rien* à voir avec mon grand-père !

— C'est bien, vous faites des progrès. Vous admettez que vous en avez un. Je ne crois pas beaucoup à ces histoires de gènes, mais je vais devoir revoir mes classiques : vous n'avez jamais vu votre grand-père, et pourtant vous êtes aussi têtue et raisonneuse que lui.

— Comment osez-vous ?

— Facile. Votre grand-père n'a pas pardonné à votre mère. Résultat, il l'a perdue. Vous ne lui pardonnez pas, et vous êtes prête à l'ignorer alors qu'il vient de faire un premier pas.

— Qu'il lui a fallu vingt-quatre ans pour faire !

— C'est exact.

— Je n'ai rien à voir avec lui, ronchonna-t-elle.

— Prouvez-le.

Elle releva la tête et le fixa effrontément.

— Vous êtes un manipulateur.

Il ricana.

— Je suis impressionné, persifla-t-il. En général, il faut deux minutes aux gens pour s'en rendre compte. Bravo !

Elle haussa les épaules.

— Ce n'est pas le sujet. Qu'attend-il de moi, ce grand-père ? J'ai de la famille, subitement ?

— Pas que je sache.

Il vit que sa réponse venait de la décevoir et la regretta.

— Mais il sera mieux à même que moi de vous répondre. Je ne partage pas ses secrets.

— Et si je le vois… Comment va-t-on faire ? A-t-il idée de la vie que ma mère menait ? Les villes, les hommes…

L'image fugace de la petite fille qu'elle avait dû être passa devant ses yeux.

— Et vous ? Vous vous souvenez d'elle ?

— Elle me racontait des histoires.

Brusquement, ses yeux s'emplirent de larmes, qu'elle sécha d'un revers de main furieux.

— Où habite-t-il ? Quand je pense à l'époque on était indésirables, toutes les deux. Et maintenant, j'ai un grand-père… Ha ha !

Son rire amer le toucha.

— Écoutez, dit-il. Votre histoire ne m'intéresse pas personnellement, je ne suis qu'un messager. Vous décidez ce que vous voulez, je transmettrai votre décision.

— OK, mais maintenant on fait quoi si j'accepte ? J'imagine qu'il ne peut pas venir ici.

— Non, il est souffrant. Donc, si vous êtes d'accord, je vous emmènerai à Tackyntha via Athènes, et vous verrez votre grand-père avant sa prochaine opération.

— Vous travaillez avec lui ?

— Il me l'a déjà proposé, mais non, je ne travaille pas avec lui. Je suis juste là pour vous, parce que vous êtes une future riche héritière et qu'il craint pour vous.

— Cela veut dire que vous êtes garde du corps ?

Exaspéré, il soupira.

Pourquoi s'investissait-il à ce point ? Après tout, l'avenir de cette fille et son bonheur, ce n'était pas son problème.

— Cela veut dire qu'il faut que vous cessiez de me pousser à bout. Ou bien vous vous en allez, ou bien, pour commencer, vous me donnez les éléments dont j'ai besoin pour virer de l'argent sur les comptes de votre refuge. Ensuite, venez saluer votre grand-père. Il n'en a plus pour très longtemps.

Kat serra son dossier contre elle, réfléchissant à toute vitesse.

L'idée qu'elle puisse avoir des oncles, des tantes, des cousins ne lui déplaisait pas a priori. Et puis…

— S'il n'avait pas décidé de se faire pardonner un demi-siècle d'indifférence en me recherchant aujourd'hui, à qui lèguerait-il sa fortune ?

— À moi, j'imagine, lâcha son mentor. Mais, rassurez-vous, je n'en ai pas besoin.

Pas besoin ? Cela expliquait ses airs supérieurs et son ton arrogant.

— Si je vais avec vous en Grèce, je veux des garanties, dit-elle en tremblant un peu. Et d'abord l'assurance que mon refuge sera sauvé. Sans argent, il fermera ses portes.

— Ma parole ne vous suffit pas ?

Méfiante, elle plissa les yeux.

— Mon avocat voudra quelque chose d'écrit.

« Mon avocat » ! Mike était avocat, en effet, mais pas *son* avocat. C'était un garçon qu'elle avait connu et qui aurait aimé être plus qu'un ami… Pour l'heure, « avocat » faisait plus professionnel qu'ami.

— OK, vous aurez ça ce soir.

— Je veux aussi être sûre de pouvoir m'en aller quand je le déciderai.

L'idée que quelqu'un l'empêche d'aller et venir à sa

guise n'était pas envisageable. Elle tenait à être totalement libre de ses mouvements.

— Deux mois. Votre grand-père estime qu'il vous faudra deux mois pour vous connaître. Cela me semble raisonnable. Qu'en dites-vous ?

Cela ne lui disait rien qui vaille.

— Deux mois, soupira-t-elle.

Elle change alors de sujet.

— Au fait, je ne vous connais même pas.

— Entrez « Zach Gavros » dans votre ordinateur. Vous saurez tout ce que vous voulez savoir sur moi, et peut-être même quelques trucs vrais.

4.

Kat sortit du bureau – qui n'était plus son bureau – la gorge serrée.

Personne, à part Sue et Mike, ne savait qu'elle partait pour de bon. Elle avait dit au revoir à son équipe un peu plus tôt, bien décidée lorsqu'elle reviendrait – dans deux mois en principe – à ne pas demander à Sue de lui rendre sa place de directrice. Cela n'aurait pas été amical.

— Tu devrais retourner avec les autres, dit-elle à Sue qui farfouillait dans des cartons.

— J'y vais, répondit sa collègue. Mais auparavant, dis-moi quand tu souhaites que j'annonce aux autres que tu ne reviendras pas.

Kat haussa une épaule.

Elle n'en savait rien. Elle ne savait même pas pourquoi elle avait fait un tel secret de son départ.

Si, peut-être parce qu'elle trouvait cette histoire surréaliste. Peut-être aussi parce que lorsqu'elle en avait parlé à Sue, son assistante l'avait regardée avec d'autres yeux, comme si elle avait changé. Et elle ne tenait pas à ce que les autres en fassent autant, car elle était toujours la même, et avait bien l'intention de le rester, quoi qu'il arrive. Si son grand-père ou ce Zach Gavros se figuraient qu'ils pourraient faire d'elle quelqu'un d'autre, ils allaient déchanter.

Elle avait cherché sur la Toile des infos sur l'homme que son grand-père avait chargé de la piloter chez les riches et les puissants. Son passé avait des zones d'ombre qui avaient visiblement inspiré nombre d'adeptes des théories du complot. L'hypothèse la plus répandue voulait qu'il avait des liens avec le milieu. Une autre, qu'il était le fils illégitime d'Alekis Azaria, ce qui revenait à dire que Zach était son…

Non, ce n'était pas possible, elle n'avait pas de lien de sang avec cet homme !

Les articles vantaient son génie de la finance et faisaient allusion à son goût immodéré pour l'argent – plus exactement pour amasser de l'argent, collectionner des voitures de grand luxe et les conquêtes féminines auxquelles il ne restait ensuite que leurs yeux pour pleurer.

Cependant, dans nombre de cas, la carrière et la célébrité de ces femmes avaient largement profité de leur intimité avec cet homme, ajoutaient les journalistes.

Elle ne trouvait pas cela juste. En repensant à la tombe de sa mère, qu'elle avait enfin trouvée abandonnée aux mauvaises herbes, elle aimait à penser que si sa mère n'avait peut-être pas été aussi résiliente que ces femmes dont les noms étaient associés à Zach Gavros, celle-ci avait finalement trouvé un homme digne de son amour. Le magnifique marbre de cette tombe lui inspirait cet espoir.

Elle refoula ces pensées parasites et sourit à Sue.

— À toi de jouer, maintenant. Tu es le patron.

— Tu sais qu'ils vont être dépités de ne pas avoir pu te dire au revoir correctement.

Elle sourit. Elle leur manquerait un jour ou deux, une semaine tout au plus, mais les gens oublient vite, et cela valait mieux. Et puis, de loin, elle pourrait toujours les aider.

— Que suis-je supposée leur dire quand ils verront que tu ne reviens pas ?

— Ce que tu veux. Je viens de te le dire, tu es le boss maintenant, tu fais comme ça te chante…

Elle s'empara d'une photo que Sue venait de poser sur le bureau.

— Elle est jolie, Sara, sur cette photo. C'est fou ce qu'elle te ressemble.

— C'est ce que tout le monde dit.

Sue était quelqu'un qu'on regretterait et qu'on n'oublierait jamais. Elle avait de la famille, elle.

Immensément triste, et un brin envieuse, Kat, d'un signe de tête, montra la porte derrière laquelle la petite fête continuait dans les rires et la joie.

— Personne ne se doute de rien ?

— Non, personne.

— C'est que je mens bien mieux que je ne le pensais !

Qui aurait refusé l'apparition d'un philanthrope désireux de rester anonyme et prêt non seulement à boucher les trous dans la caisse mais, très généreusement, à financer une annexe et le terrain de jeux dont ils avaient toujours rêvé, et à l'envoyer, elle, en formation au management ?

La réaction de Sue à toute cette histoire lui avait fait prendre conscience que, aux yeux des autres, elle avait son happy end : elle était une riche héritière, maintenant. Elle allait vivre un rêve. Le rêve de tant d'enfants qui vivent en familles d'accueil.

Justement, non, ce n'était pas son rêve. Peut-être parce qu'elle n'avait jamais vu grand, jamais pensé châteaux et bijoux. Elle avait seulement rêvé d'un petit chez-elle, avec juste assez d'argent pour payer ses factures et celles de sa maman. Il n'y avait pas de figure masculine dans ses fantasmes. Son père, elle le savait, était parti à sa naissance, et quant aux hommes qui avaient peuplé ensuite la vie de sa mère, comment dire ? Les seuls moments de paix dont elle se souvenait coïncidaient avec leurs absences.

La seule figure masculine qui avait représenté une présence rassurante avait été son père d'adoption, mais quand il était mort de façon tout à fait inattendue, elle avait partagé le désarroi de sa femme, Nell.

Pour Kat, les choses étaient simples : soit on s'engageait avec un homme qui se révélait un beau salaud violent et/ou irresponsable, soit avec un homme tellement aimé que, pour reprendre les mots de Nell, on perdait la moitié de soi-même quand il disparaissait. Aucune de ces deux options ne la faisait rêver. Mais si elle avait dû choisir, nul doute qu'elle aurait opté pour la seconde.

Ah ! tomber amoureuse…

Elle avait son idée sur le pouvoir de l'amour, même si elle ne l'avait jamais expérimenté. En fait, elle avait commencé assez jeune à se demander, au cas où elle aurait une relation avec quelqu'un – puisque, apparemment, on était fait pour vivre à deux en ce bas monde –, si une relation de raison ne serait pas la meilleure formule. Une union d'estime avec quelqu'un d'agréable et de responsable, comme Mike. Récemment, elle s'était même dit que la prochaine fois qu'il lui proposerait de sortir avec lui, elle accepterait.

Mais maintenant, ce n'était pas près d'arriver.

Un bruit du côté de la porte capta leur attention, et elles se retournèrent.

Mike était là.

Il s'était laissé pousser la barbe, et ça lui allait bien. Cela le vieillissait un peu, ce qui devait rassurer ses clients, qui le trouvaient sûrement un peu jeune pour la fonction.

— J'ai frappé, mais personne ne m'a entendu, dit-il. Suis-je en avance ?

— Non, c'est parfait.

— C'est à toi, cette petite valise ? s'étonna-t-il.

— Oui, je voyage léger.

Elle ne jugea pas utile d'expliquer que cela lui restait de son enfance, de l'époque où, certaine que sa mère qui l'avait abandonnée reviendrait la chercher, elle avait sa petite valise toujours prête pour partir avec elle. Cela expliquait qu'elle ne se soit jamais adaptée dans aucune famille d'accueil et que le couple qui s'était proposé pour l'adopter ait finalement renoncé. Elle avait fini par accepter un autre foyer, un couple aussi excentrique que génial qui n'attendait pas d'amour de sa part mais qui lui en donnait, et qui n'avait jamais fait allusion à la petite valise glissée sous son lit.

Encore maintenant, elle avait toujours une valise prête sous son lit. Mais elle n'avait jamais eu à expliquer cette habitude insolite, puisqu'elle ne partageait avec personne son lit ni son histoire.

Mike prit sa valise.

— Tu es sûre de ce que tu fais ? lui demanda-t-il. Parce que ta vie va changer.

Refoulant l'envie de protester qu'elle adorait sa vie, elle haussa les épaules et répondit, sourire aux lèvres pour adoucir son propos :

— J'aimais bien la vie que je menais… Mais j'avoue que je suis un peu sous le choc, ajouta-t-elle pour excuser son manque d'enthousiasme.

— C'est un conte de fées, ce qu'il t'arrive, Kat, déclara Sue en la serrant dans ses bras. Tu devrais être tout excitée !

En la lâchant, elle sortit un mouchoir et se tamponna les yeux.

— Ah non ! Sue ! S'il te plaît. Pas de pleurs, ou je vais me mettre à pleurer aussi.

Sue agita la main derrière son mouchoir. Kat et Mike sortirent et prirent la voiture.

Pour détendre l'atmosphère, il parla tout en marchant de choses sans importance, que de toute façon elle n'écoutait pas. Arrivés à l'aérodrome, ils aperçurent deux limousines. Ils sortirent de la voiture et Mike enleva sa valise du coffre.

— J'ai fait une recherche, Kat. Ton grand-père est méga-riche.

Elle opina.

Elle avait fait des recherches de son côté, et ce qu'elle avait trouvé avait achevé de la mettre en colère : savoir que sa mère, jeune, avait vécu une vie ultra-privilégiée pour être ensuite réduite à la misère la révoltait. Elle en voulait d'autant plus à cet homme qui avait refusé jusqu'à ce jour de reconnaître sa propre existence.

— Je suppose que nous n'aurons jamais la chance de passer la nuit ensemble…

Sous le ton badin de Mike perçait la tristesse. Une authentique tristesse.

Honteuse de son égoïsme, Kat soupira. Mais aimer, ça ne se commandait pas, si ?

Dans le fond, Zach Gavros avait peut-être raison, elle devait être aussi égoïste que son grand-père.

Horrifiée à cette pensée, elle se jeta à son cou et lui répondit plus affectueusement qu'elle ne l'avait jamais fait.

— On reste en contact, Mike. Évidemment !

— Bonsoir.

Au son de la voix de Zach Gavros, elle sursauta comme si elle était prise en faute. Elle le fixa, détourna avec effort les yeux de sa bouche pour se concentrer sur ses joues fraîchement rasées et posa la main sur le bras de son ami.

— Salut. Mike, je te présente Zach Gavros, dont je t'ai parlé.

Elle lui en avait dit peu de choses car, comme Sue, il avait tout de suite su de qui il s'agissait.

— Zach, je vous présente un ami, Mike Ross.

Mike avança et tendit la main.

— Ami et avocat. J'espère que tout est en ordre, monsieur Gavros.

Zach ne répondit pas, il avait l'air absent de la personne qui s'ennuie. Il regardait, derrière Mike, l'homme en uniforme qui s'occupait des bagages.

Elle commença à bouillir. Quel grossier personnage !

Pour compenser, elle se pencha et embrassa Mike en l'assurant de son amitié.

— On reste en contact.

Elle se tourna alors vers Zach, dont la haute taille lui fit presque peur.

— Compte tenu de l'état de mon grand-père, j'aimerais être sûre que le refuge recevra bien son argent… Cela au cas où il déciderait de m'ignorer, moi aussi.

Zach regarda Katina, les yeux plissés.

Elle cherchait la bagarre, mais il ne la suivrait pas sur ce terrain-là.

Il était sorti de la limousine au moment où elle et son ami s'embrassaient. Faisant signe au chauffeur de s'éloigner avec les bagages, il était resté les yeux braqués sur le couple enlacé, grinçant des dents. Il ne l'avait pas imaginée avec un amoureux, mais c'était normal. Ce qui l'était moins, c'est que leur étreinte le contrarie ou qu'il en prenne ombrage.

— Je pense que ce n'est ni le moment ni l'endroit pour cette conversation. Monsieur Ross…

Il fit un petit salut et prit le bras de Katina, qui dut le suivre. Mais avec ses grandes jambes, il marchait trop vite pour elle.

— Vous pourriez ralentir ? Je suis essoufflée.

Il la lâcha.

Sans doute décidée à lui montrer qu'on ne lui imposait rien, elle fit exprès de traîner, et en quelques secondes le reporter, dont il avait jusque-là réussi à la protéger, était sur elle et la photographiait.

N'écoutant que son instinct, il l'attrapa alors par le bras, la serra contre lui et l'embrassa. Un baiser violent contre lequel elle ne pouvait rien.

D'abord stupéfaite, Katina se laissa faire sans réagir, puis, prenant visiblement goût à sa bouche qui dévorait la sienne, elle s'enhardit et la fouilla avec ardeur.

Enfin, il la lâcha pour s'assurer qu'on éloignait le fâcheux.

Déstabilisée, elle bascula en arrière sur les talons et ouvrit la bouche pour parler, mais aucun mot ne vint.

— Tiens ! dit-il en se passant la main dans les cheveux, je n'ai pas le droit à un : « Comment osez-vous ? » Désolé, mais une photo de moi en train d'embrasser une femme ne vaut pas grand-chose, ricana-t-il. Le marché est saturé. En revanche, une femme qui me repousse, ça, ça leur plaît…

— Ce type est peut-être un vaurien, mais il n'est pas idiot, ajouta-t-il comme elle suivait des yeux le journaliste qui partait en jurant. Il a flairé la bonne histoire. Il a pris des photos de moi quand je quittais l'hôpital après ma visite à Alekis. S'il a fait le lien…

Katina ne l'écoutait plus.

— Mais je ne me suis pas débattue…

— Vous savez bien que la presse raconte ce qu'elle veut. C'est une question de perception, croyez-moi. Et ne vous inquiétez pas, votre petit ami n'a rien vu.

— Ce n'est pas mon petit ami, et même s'il l'était, ça ne vous regarde pas.

Il claqua des doigts.

— En ce cas, pas de problème.

Ce n'était pas vrai, il y avait un problème.

Sa stratégie avait été efficace, mais…

Il chercha sa bouche des yeux.

Maintenant, il était frustré comme lorsqu'on a commencé quelque chose que l'on ne peut pas terminer. Mais continuer, ce serait trahir la confiance qu'Alekis avait mise en lui.

Les yeux mi-clos, il regarda Katina taper du pied – elle portait des boots. Puis il remonta lentement le long de ses jambes gainées de bas noirs, qui disparaissaient sous le fin jersey de sa jupe.

C'était encore plus excitant que s'il les avait vues nettement, son imagination agissant comme un puissant aphrodisiaque.

— Si, justement, il y a plein de problèmes, gronda-t-elle.

Il était tout à fait de cet avis. Le souvenir de son corps souple comme une liane, qui l'avait tant excité quand il l'avait étreinte, redoublait son désir.

— Et en particulier, je n'aime pas que vous me fassiez la tête, quelle qu'en soit la raison.

— Vous avez une drôle de façon de le montrer, répliqua-t-il du tac au tac.

Kat, furieuse, ravala sa riposte acerbe.

S'il avait fallu la mettre en garde contre ce personnage, son sourire de prédateur aurait parlé de lui-même. Cet homme était un dangereux séducteur. Il était à fuir.

Il approcha la main de son visage, et il ne la touchait pas encore qu'elle en sentit la chaleur sur sa joue.

C'était tentant d'imaginer ses longs doigts bronzés effleurant sa peau. Trop tentant…

Prise d'une honte subite, elle recula pour éviter sa caresse et pointa le menton fièrement.

Ah non ! Elle n'allait pas allonger la liste de ses conquêtes. Pour commencer, elle avait trop le respect d'elle-même. L'histoire ne se répéterait pas, se dit-elle alors que l'image de la tombe abandonnée de sa mère passait devant ses yeux.

L'image d'une vie gâchée.

Elle n'était pas sa mère, sa libido ne la travaillait pas. Il n'empêche, si elle devait rester une vierge raide, corsetée mais en bonne santé, elle serait heureuse d'en payer le prix. Elle connaissait peut-être peu de choses de l'emballement des sentiments, mais elle savait qu'elle n'en avait pas besoin. Or, ce Zach incarnait le type d'homme qui met n'importe quelle femme en émoi.

Zach abaissa la main. *Pas touche*, se répéta-t-il pour la énième fois.

S'il fallait qu'il se rappelle toutes les deux secondes que Katina était la petite-fille d'Alekis, ça allait être usant. Il lui fallait une diversion. Plus qu'une diversion, il fallait qu'il fasse passer son envie d'avoir cette fille.

Andrea Latkis pourrait faire l'affaire. C'était une avocate de talent, ambitieuse, qui faisait partie de l'équipe d'Alekis à Athènes. Pas farouche, elle ne lui avait pas caché son envie de coucher avec lui. Il avait eu l'intention d'accepter, mais leurs vies étaient si remplies qu'ils n'en avaient pas encore trouvé le temps. Manque de synchronisme : Andrea n'avait jamais cherché à faire coïncider leurs nuits libres. Il l'appréciait aussi pour ça. De son côté, il n'avait fait aucun effort, mais les situations inconfortables méritaient qu'il fasse peut-être des concessions.

Il en était là de son raisonnement quand il vit Katina ôter une mèche de cheveux de sa jolie bouche pulpeuse, et aussitôt il se sentit réagir.

Oui, il était urgent qu'il appelle Andrea.

Son problème, ce n'était pas la petite-fille d'Alekis, c'était l'abstinence. Il n'avait pas fait l'amour depuis trop longtemps, d'où sa réaction face à cette jolie fille. Il pouvait donc se détendre…

Non, en fait pas tant que ça, compte tenu de ce qu'il avait éprouvé quand il avait vu le sourire qu'elle adressait à son petit ami ! Mais, attention, ce n'était pas de la jalousie.

— Votre grand-père est impatient de vous voir. Où est le reste de vos bagages ?

— Je n'ai emporté que l'essentiel.

— Juste pour une nuit ? Pas grave, on vous trouvera des vêtements quand on arrivera. Quant à vos affaires d'ici, je vais m'arranger pour les faire livrer.

Kat répondit avec un calme qu'elle ne se connaissait pas.

— Non merci. J'ai l'intention de garder mon appartement de Londres.

— Alekis a plusieurs appartements à Londres. Vous pourrez faire déménager vos affaires dans celui qui vous plaira.

De toute évidence, il ne l'écoutait pas.

— Je préfère mon chez-moi. Et puis que voulez-vous dire par…

Elle s'arrêta.

Elle parlait dans le vide. Zach était parti et filait droit devant lui sur ses longues jambes qui ajoutaient à l'élégance de sa silhouette élancée.

Elle trotta derrière lui pour le rejoindre.

— Vous pourriez marcher moins vite ?

Il se tourna.

— Désolé, je ne suis pas habitué à…

— À quoi ?

— À me soucier des autres.

Aucune excuse, rien. Il ne connaissait pas ! Comment pouvait-on être aussi égoïste ?

— Jamais ?

— On dirait que ça vous choque.

— Quoi ? Qu'il y ait des gens égoïstes ? Je ne suis pas naïve à ce point, mais en général on s'arrange pour le cacher.

Zach encaissa le coup.

Ce n'était pas la première fois qu'on le critiquait – on avait dit de lui qu'il était même pire qu'égoïste. Mais c'était la première fois qu'il éprouvait le besoin de se défendre. C'était inexplicable. Non pas que le jugement de cette fille le touche, mais c'était une pulsion qu'il préférait ignorer.

— Il y a aussi des parangons de vertu qui essayent rarement de le cacher, répondit-il froidement.

Il l'entendit souffler et se retourna.

Elle s'était arrêtée brusquement et, les mains sur les hanches et le menton levé, le regardait, les yeux mi-clos.

— Vous parlez de moi ?

— Je vois que vous n'acceptez pas volontiers la critique, Katina ! ironisa-t-il. C'est souvent constructif, pourtant.

— Ce qui veut dire ? répondit-elle avec une pointe d'insolence. Que je devrais vous remercier ?

Son aplomb le fit rire.

Gênée, elle regarda vite ailleurs, comme s'il ne fallait surtout pas qu'il remarque son embarras. Elle ne tourna de nouveau les yeux vers lui que quand son accès de rire se fut calmé.

Il n'était pas arrivé là où il était sans un talent certain pour deviner les gens qu'il rencontrait. Il avait vite compris qu'il ne fallait pas se fier aux déclarations péremptoires de cette fille, que c'était une tendre sous ses airs obstinés.

Il se radoucit.

— Je sais que ça doit être effrayant de se retrouver plongée dans un monde qu'on ne connaît pas, mais, vous savez, cela fait le plus grand bien de sortir de sa zone de confort, au moins pour un temps.

Mesurant soudain que lui-même naviguait très loin de sa zone de confort, il se tut.

Ce n'était pas sans raison qu'il fuyait tout ce qui touchait aux sentiments. Dans le monde de la haute finance, l'empathie n'avait pas sa place. En manifester un soupçon, c'était révéler une faiblesse. Dans la vie privée, cela ne lui avait jamais posé de problème. Ses rapports avec les femmes se limitaient à la sexualité. Il n'y entrait pas une once d'émotion.

Katina soupira et sourit avec dédain.

— Vous n'êtes pas obligé de faire semblant de me comprendre, dit-elle.

Theos ! Pourquoi l'agressait-elle alors que, justement,

il devenait aimable ? Il était peut-être dur mais, dans le genre, elle n'était pas mal non plus !

— Vous êtes vraiment à fleur de peau, bougonna-t-il. Combien y a-t-il d'hommes qui ont compris que pour se faire une place dans votre lit, ils doivent être faibles et… et démolis ?

Elle le foudroya du regard et passa à côté de lui en lui lançant :

— L'empathie. Est-ce que vous savez seulement comment ça s'écrit ?

Il la laissa partir devant lui et la regarda traverser le tarmac.

Même en colère, elle était ravissante. La tête haute, ses épaules étroites bien carrées en arrière, elle avait le port élégant d'un petit rat de l'opéra. Il aurait pu gagner la bataille des mots, mais physiquement…

À la vue de ce que lui suggérait son charmant déhanchement, ses pulsions sexuelles réagissaient avec une violence qui mettait son cerveau hors d'état de fonctionner.

Cette femme allait le rendre dingue !

5.

Si le luxe du voyage – le genre de luxe que s'offrent les riches et les puissants – avait excité Kat, l'idée de ce qui l'attendait à l'atterrissage lui donnait froid dans le dos.

Chaque fois qu'elle pensait à l'homme qui avait laissé sa fille vivre dans la rue ou presque, une colère glacée l'étreignait. Elle n'était pas habituée à ce genre de sentiments, et cela la rendait quasiment malade.

Que lui voulait-il, ce grand-père indigne ? Se faire pardonner ? Une seconde chance ? Si tel était son souhait, elle n'était pas disposée à le satisfaire.

Son malaise devait se lire sur son visage, car un steward se pencha vers elle.

— Les toilettes sont par là, lui dit-il.

Elle s'y dirigea, non pour vomir mais en quête de quelques minutes de solitude.

Se regardant dans le miroir, elle remarqua qu'elle avait effectivement une mine épouvantable. Ce n'était pas l'avion, c'était ce qu'il s'était passé auparavant. Le trop-plein d'émotions…

Quand elle regagna sa place, Zach avait disparu dans le poste de pilotage.

Follement, elle se prit à regretter qu'il ne soit pas là. Il lui aurait changé les idées. Enfin, peut-être…

Le baiser qu'il lui avait administré avait été le pompon.

Machinalement, elle caressa ses lèvres et, se rendant

compte de son geste, baissa vite ses doigts qui tremblaient un peu.

Zach revint juste avant l'atterrissage. Avant de quitter l'avion, il prit son manteau, et sa veste qu'il jeta négligemment sur son épaule, de cet air faussement décontracté qui lui allait si bien.

— Où… Comment…

En manque d'air, elle déglutit avec difficulté et se passa la langue sur les lèvres.

— Il sera là, mon grand-père ?

— Il vous attend dans son hôtel à la sortie de l'aéroport. Mais, ne vous inquiétez pas, vous vous verrez en privé.

Crispée, elle marmonna qu'il avait intérêt à ne pas se faire d'illusions.

— J'espère qu'il ne s'attend pas que je fasse semblant, ajouta-t-elle. Et j'ai bien l'intention de lui dire ce que je pense de lui.

Touché, Zach inspira à fond.

Peut-être Katina obtiendrait-elle les excuses et les explications que lui n'avait pas eues.

Ces mots lui rappelaient ce qu'il s'était dit avant de revenir dans le minable appartement qui avait été, sept ans durant, ce que ses copains appelaient en se moquant sa « tanière ». Réaliste, il ne s'attendait ni à des excuses ni à des regrets. Il espérait seulement que sa famille reconnaîtrait le mal qu'elle lui avait fait. Mais il avait très vite compris qu'il n'obtiendrait rien.

Il avait encore dans le nez l'odeur de bière éventée qui l'avait saisi dès qu'il avait ouvert la porte. Il avait trouvé sa grand-mère dans son lit, les cheveux tout emmêlés, pas lavée. Les yeux perdus dans le vague, elle l'avait regardé sans le reconnaître. Il n'y avait pas d'oncle à l'horizon. De toute évidence, ce dernier avait déserté les lieux estimant que cela ne valait pas la peine de tenir compagnie à une vieille femme chez laquelle les médecins avaient diagnostiqué une démence sénile. Plus tard, Zach avait découvert qu'il n'était pas allé très loin. Il s'était invité chez une personne fragile, apparemment seule, qui s'était révélée ne pas être seule du tout ! Une bagarre s'en était suivie. Son oncle était mort au bout de trois jours de ses blessures à la tête. Une fin sordide pour une vie sordide.

Il refoula ce souvenir et éprouva le besoin de dire quelque chose pour dissiper l'inquiétude qui se lisait dans les beaux yeux de Katina.

— Parce que vous croyez que vous sauriez faire semblant ?

Elle haussa les épaules.

— C'est un inconnu pour moi, et il a fait du mal à ma mère. Pour moi, il ne représente rien.

Il la détailla des pieds à la tête.

Il avait rarement rencontré personne aussi directe, aussi franche. Dans son métier, il était rare que les gens disent la vérité. Ailleurs, non plus. Elle sortait du lot. Elle sortait du lot pour tout un tas de raisons.

Brusquement, il en voulut à Alekis d'avoir mis sa petite-fille dans cette situation.

— Dites-le-lui comme ça. De toute manière, vous aurez les fonds pour votre refuge. Je vous le garantis.

Kat trouva la réponse ahurissante.

Zach essayait-il de jouer l'avocat du diable ?

— Vous savez que je ne peux pas ! Il est malade, il risquerait de… Si je dis quelque chose et qu'il meure… Comment voulez-vous que je vive avec ça, ensuite ?

Il posa la main sur son épaule, et cela lui fit du bien.

Si Zach Gavros lui apportait du réconfort, c'était qu'elle était vraiment très mal !

— Il est coriace, et il a une armée de médecins à son chevet. S'il lui arrive quelque chose, vous ne serez pas tenue pour responsable… Dès ce soir, vous pourrez prendre un bain de mer, ajouta-t-il soudain, tout en se dirigeant vers la sortie.

Elle sourit.

— Génial ! Je ne sais pas nager.

— Je vous apprendrai.

Elle le regarda, vraiment étonnée de son changement d'humeur.

— Arrêtez d'être aimable, vous allez me faire pleurer !

— On ne s'emballe pas. Je ne suis jamais aimable, demandez aux gens. Mais quand on vit sur une île, il faut savoir nager. Question de survie !

Ce n'était pas vrai que l'hôtel se trouvait juste à côté de l'aéroport, mais il n'était pas trop loin.

— C'est pas mal, dit Kat en approchant.

— Merci.

— Pourquoi « merci » ? Il est à vous ?

— Il fait partie d'une chaîne d'hôtels que j'ai achetée récemment. C'est fou ce que les architectes peuvent imaginer pour rénover les établissements vieillots.

L'hôtel lui appartenait ! Cela expliquait que le manager en personne se précipite pour les saluer et les accompagner à l'ascenseur.

Quand ils sortirent de la cabine au dernier étage, elle ressentait la même chose qu'à l'époque où elle se cachait.

Elle avait toujours eu une cachette prête pour quand les grosses voix commençaient à s'élever, un endroit où elle se réfugiait pour faire en sorte qu'on ne la voie pas. Mais pour l'heure, être invisible n'était pas le sujet.

Son visage devait refléter son angoisse, car Zach lui lança un clin d'œil presque compatissant.

— Vous savez, votre grand-père est aussi anxieux que vous.

Elle haussa les épaules en levant les yeux vers lui.

— J'ai peur de ne pas pouvoir m'arrêter de… de dire des choses terribles. Je suis tellement en colère, dit-elle, la main sur sa poitrine comme pour arrêter l'orage qui grondait en elle.

— N'ayez pas peur. Vous avez le droit d'être en colère. Je suis certain que vous ne direz rien qui le blesse. Vous êtes trop… gentille.

À sa façon de dire « gentille », elle eut l'impression qu'il parlait d'un défaut. Mais elle n'eut pas le temps de protester. Il avait ouvert une porte et s'effaçait pour la laisser passer.

Devant elle, au milieu de la pièce, se trouvait un vieil homme assis dans un fauteuil médicalisé.

Elle avait vu des photos de lui en ligne, mais le personnage assis là paraissait beaucoup plus âgé, avec un visage ridé, maigre, fatigué. On sentait que ses forces l'abandonnaient.

Elle vit soudain des larmes perler à ses yeux, et la vague d'émotions qui la submergea fut si soudaine, si puissante qu'elle balaya ce qu'elle ressentait encore un instant plus tôt.

C'était son grand-père ! Sa famille !

— Katina ?

Elle plaqua une main tremblante sur ses lèvres tandis que le vieil homme lui tendait les bras.

— Je suis désolé, ma petite Katina. Je m'en veux tellement…

Zach, qui ne quittait pas Katina des yeux, nota le combat intérieur qu'elle menait pour ne pas se laisser attendrir, ne pas flancher. Il n'avait pas passé beaucoup de temps avec elle, mais assez cependant pour savoir que si elle capitulait, ce ne serait pas par intérêt mais à cause de ses qualités de cœur et par attachement à la notion de famille.

Une notion qui lui tenait à cœur.

Il soupira doucement.

On disait de lui qu'il était intrépide, qu'il faisait de l'or avec tout ce qu'il touchait mais qu'il prenait des risques. C'était faux. En fait, il ne prenait aucun risque quand il n'était pas sûr de gagner. L'argent lui importait peu. Faire fortune, perdre une fortune, ça ne l'empêchait pas de dormir. C'était du défi, un moyen de tester son agilité intellectuelle. La véritable intrépide, c'était cette jeune femme en train de se précipiter, les bras grands ouverts, aux genoux du vieil homme, prête à donner son cœur à une famille hypothétique au risque de voir ses illusions mises à mal.

C'était un trait de caractère qu'il admirait et qui lui faisait peur.

Mais il n'était pas un observateur objectif. Cette femme avait éveillé en lui un instinct protecteur, et ça ne lui plaisait pas.

Se rappelant soudain qu'il n'était pas partie prenante dans ce qui se jouait là, il ferma et repartit vers l'ascenseur, refoulant les sentiments qu'il refusait de ressentir ou seulement de nommer.

Kat était en colère, et elle voulait le rester par fidélité envers sa mère, qu'elle s'interdisait de trahir. Elle avait préparé ce qu'elle avait l'intention de dire à Alekis Azaria, des propos cruels mais mérités. Mais le vieil homme semblait si fragile et si bourré de remords qu'elle commença par se taire. L'infirmier arrivait justement pour lui prendre la tension. Cela tombait bien. Plusieurs infirmières entrèrent à leur tour et s'adressèrent à Alekis, qui ne battit pas un cil.

— J'insiste, dit l'une d'elles. Vos constantes…

— Parfait… Parfait !

Kat se rendit alors compte que son grand-père avait sur le corps des capteurs reliés à une machine qui devait être elle-même reliée à un écran dans le bureau des infirmières. Elle remarqua aussi que des gouttes de transpiration perlaient à son front quand il lui prit la main.

— Comme je le disais, c'est une petite réunion. Rien de formel, des petites choses à boire et à grignoter.

« Comme je le disais » ? Elle ne se rappelait pas l'avoir entendu parler d'une petite réunion.

— Juste quelques journalistes.

Elle commença à paniquer.

— Ne t'inquiète pas. Ce sont des amis, tous invités. L'avantage d'avoir une île c'est qu'il est facile d'en interdire l'accès aux indésirables.

Il lui serrait la main à lui broyer les doigts.

— Tu es une Azaria. Tout ira bien pour toi, tu verras.

Sur ces entrefaites, un soignant entra, une seringue à la main, et s'enferma dans la pièce avec son grand-père.

Elle s'en alla, contrariée.

Elle n'avait pas pu dire à son grand-père ce qui lui brûlait la langue : qu'elle *n'était pas* une Azaria et que ce genre de vie n'était pas pour elle.

Comme elle entrait dans l'ascenseur, son malaise s'intensifia.

Pourquoi avait-elle accepté ça ? Et qu'avait-elle accepté, d'ailleurs ? Elle ne voulait pas assister à cette réunion, qu'elle soit formelle ou non.

Lorsque les portes s'ouvrirent sur le hall de l'hôtel, Zach était installé dans un fauteuil adossé au mur d'en face. Il resta un instant immobile à la regarder, puis se leva et la rejoignit, les mains dans les poches.

— J'ai l'impression que vous avez besoin d'un remontant.

Et peut-être aussi d'un câlin, pensa-t-elle. Mais elle chassa vite cette pensée idiote.

— Je préférerais des explications. Qu'est-ce que c'est que cette histoire de petite réunion avec des journalistes ? Vous le savez, vous ?

Il opina.

— Ah ! vous êtes au courant ! C'est un cocktail. Alekis a invité quelques journalistes qu'il connaît bien, comme il le fait plusieurs fois par an.

— Je n'irai pas, protesta-t-elle.

— Voilà justement la voiture qui vient nous chercher.

— Je vous répète que je n'irai pas.

— Il le faut. Pour faire taire les rumeurs.

Elle écarquilla les yeux.

— Quelles rumeurs ?

— Normalement, les journaux devraient annoncer demain que votre grand-père a eu une crise cardiaque. C'est très mauvais pour le cours des actions de ses sociétés. La maladie d'Alekis passera au second plan si on leur balance l'info beaucoup plus croustillante de votre retour au bercail : « *Le tycoon retrouve sa petite-fille qu'il n'avait pas revue depuis vingt ans* ».

— Si je comprends bien, on m'utilise !

Zach faillit s'esclaffer.

Katina fulminait, ses yeux lançaient des éclairs. Elle semblait choquée qu'on puisse se servir d'elle.

C'était ahurissant ! Après l'enfance malmenée qu'on lui avait fait subir, elle était encore d'une naïveté désarmante.

Dans le fond, c'était bien qu'elle voie que, même aux portes de la mort, son grand-père n'était pas une personne tendre ni affectueuse. Il ne serait pas le seul à remarquer son manque de méfiance, mais serait certainement le seul à ne pas tenter d'en profiter. Pas besoin d'être médium pour prédire que, sauf à s'endurcir rapidement, elle allait être la proie de charognards. Elle semblait intelligente, elle apprendrait vite, heureusement. Sinon, quel choc quand elle découvrirait le vrai visage de la nature humaine !

— Ce n'est pas une idée à moi, répliqua-t-il, entre étonnement et exaspération. Arrêtez de croire que les gens ont tous des mobiles purs et élevés !

Elle se retourna pour regarder derrière elle.

— C'est lui qui a eu cette idée ?

— Alekis a délégué mais, oui, l'idée vient de lui. Il a l'habitude de contrôler les infos qu'on fournit aux journaux. Vous préféreriez peut-être que ce soit la presse à scandale qui sorte l'histoire en en rajoutant… Dans le sensationnel, évidemment. Ils vous trouveront bien un ancien fiancé et quelques amants.

Il n'insista pas, n'estimant pas nécessaire de décupler la colère de Katina. De toute façon, elle allait très vite se rendre compte par elle-même de ce que ce genre de presse était capable d'inventer. Les journalistes de ces canards lui trouveraient sûrement une ribambelle d'aventures pour aiguiser les curiosités et multiplier les ventes de leurs feuilles de chou.

— De cette façon, il sait ce que l'on dit de vous. S'il cachait votre existence, des hélicoptères ou des drones survoleraient Tackyntha pour vous prendre en photo au téléobjectif.

Les yeux écarquillés, Katina monta dans la voiture sans cesser de l'écouter.

— Votre ceinture, Katina.

— Voilà. Vous dites qu'on va me prendre en photo ? Pour quoi faire ?

— Vous êtes l'héritière d'Alekis, Katina, expliqua-t-il, puisant dans sa réserve de patience. Vous allez devenir l'une des femmes les plus riches d'Europe. Les gens vont vouloir tout savoir de vous. La couleur de votre vernis à ongles, ce que vous prenez au petit déjeuner, si vous portez des ballerines ou des stilettos. Ils commenteront vos tenues vestimentaires, spéculeront sur votre sexualité, votre santé : cigarettes, drogues, alcools ou pas…

La voiture se glissa dans le trafic. Zach lança un coup d'œil à Katina.

La voyant abasourdie, il regretta presque de lui avoir asséné tout cela.

Mais mieux valait un salaud qui soit *avec* elle qu'un salaud qui exploite la fragilité qui se lisait au premier regard dans ses yeux ébahis et ses mains qui tremblaient.

Kat se cala au fond de son siège.

— Je ne peux pas. Je vous dis que je ne pourrai jamais.

— Mais si.

Le ton était ferme, la réponse sans appel.

Elle fusilla Zach du regard, mais il ne le vit pas. De toute manière, ça l'aurait laissé de glace. Une pierre aurait manifesté plus d'empathie que lui !

— Ce sera à vous de vous imposer dès le départ, reprit-il. La suite en dépendra. La fortune d'Alekis va tenir de nombreuses personnes à l'écart. Si vous le voulez, je peux aussi ériger des barrières pour vous protéger.

Elle frissonna. L'idée d'être enfermée dans une cage dorée lui donnait la chair de poule, mais elle essaya de se dominer.

— Si vous vous terrez, les gens penseront que vous avez quelque chose à cacher, reprit Zach. Nous devons faire en sorte que vous ayez l'air avenante, ouverte à tout, alors que, en fait, nous ne livrerons rien de vous. C'est tout un art.

— Nous ? releva-t-elle.

— Oui. Enfin non, vous. La chose à ne jamais oublier c'est que vous ne devez faire confiance à personne. Per-sonne. Enfin… À peu près personne. Tout le monde ne cherchera pas à vous… poursuivre.

— Non ! Quatre-vingt-dix-neuf personnes sur cent seulement. Quel soulagement !

Elle se mit à trembler.

— Je ne suis pas idiote, vous savez. Je dois être capable de distinguer un couteau d'une fourchette et de savoir de quel couvert me servir. J'apprends vite.

— Cela reste à voir.

— Vous en jugerez.

— Pour m'en assurer, je reste avec vous pour l'instant. Je suis là pour ça.

Dans le doute, elle plissa les yeux.

— Vous voulez dire que vous allez me souffler ce que je dois dire et m'imposer ce que je dois porter ? Je ne suis pas une marionnette.

— Je dis que je suis ici pour *essayer* de vous protéger. Maintenant, si vous préférez, je vous laisse vous faire dévorer par les loups.

Il poursuivit en marmonnant une phrase en grec.

— Je ne comprends pas le grec.

— Je dis qu'il y a des loups et des chiens partout.

Leurs regards se croisèrent, et une décharge électrique lui remonta le long du dos.

— Ça veut dire quoi, ça ? On lance un voleur aux trousses d'un voleur ? Dans le cas présent, un loup pour attraper des loups…

C'était vrai, Zach Gavros avait tout du loup. Dans son regard, dans sa démarche de prédateur qui plaisait aux femmes.

— À titre d'information, je n'ai pas passé ma vie dans une bulle, et je n'ai jamais eu d'ange gardien. Moralité, je déteste qu'on me traite comme une gamine.

Avait-elle été un enfant un jour ?

— Donc, nous allons sur une île, reprit-elle.

— Oui. En hélicoptère, ce sera rapide.

— Votre famille aussi vit là-bas ? C'est comme cela que vous avez connu Alekis ?

— Non, ma famille ne vit pas là-bas.

— Mais vous avez de la famille ? insista-t-elle, se rappelant qu'il lui avait parlé du décès de sa mère. Vous n'étiez pas seul quand votre mère est morte ?

— Vous croyez que, du fait de ne plus avoir de mère, nous avons quelque chose en commun ? Vous vous trompez.

Elle rougit. S'il avait voulu la mettre dans l'embarras, il avait réussi. Pensait-il qu'elle ignorait qu'ils ne venaient pas du même monde ? Qu'il était nécessaire de souligner qu'ils n'avaient rien en commun ? Qu'il avait vécu bourré d'argent et de privilèges ? De toute manière, c'était un style de vie qui ne lui correspondait pas du tout.

Devenir orphelin est la pire des choses qui peut

arriver à un enfant mais dans le milieu de Zach on avait des bonnes d'enfants, des gouvernantes. On fréquentait les meilleures écoles. Bien sûr, rien ne remplacait l'amour maternel mais cela aidait. Zach n'avait certainement jamais eu honte des vêtements qu'il portait. Aux rentrées scolaires, il avait pu se vanter de ses vacances à ses copains de classe.

Zach esquissa une grimace.

— Cependant, soyez rassurée, oui, j'avais de la famille… Un oncle qui est mort à présent, grand bien lui fasse ! Une grand-mère qui est nettement plus agréable maintenant qu'elle ne se rappelle plus mon nom ni même le sien !

Elle sentit son cœur se serrer. Bien qu'il ne soit pas entré dans le détail, il ne devait pas avoir eu la jeunesse qu'elle imaginait. S'était-elle trompée sur toute la ligne ?

— Je suis désolée, dit-elle.

— Vous êtes très aimable, mais c'est inutile. C'est le passé.

Voyant son air triste, elle changea de sujet.

— Dites-moi. Qu'est-ce qui vous lie à Alekis ?

— Votre grand-père m'a aidé quand personne d'autre ne l'a fait.

— Il vous a prêté de l'argent ?

La mimique incertaine de Zach la surprit. Que devait-elle comprendre ?

— C'est ça, c'est financier ?

— Si on veut. Enfin, non. J'ai plutôt une dette morale envers lui. J'étais un marginal. Sans lui, je pense que je ne serais pas là où j'en suis aujourd'hui.

— Ah ? Et vous en seriez où ?

— Je me pose parfois la question. Mais je préfère ne pas y penser et considérer que j'ai une dette envers Alekis.

— Vous l'aimez bien ?

— Il a des qualités que j'admire et des défauts que

j'accepte. Vous les découvrirez vous-même. Je vous conseille d'observer et…

— Et de me couler dans le moule ?

Il éclata d'un rire vraiment amusé qui le fit paraître dix ans plus jeune et la fit rire elle aussi.

Décidément, quand cet homme voulait bien faire l'effort de plaire, pas une femme ne devait lui résister. À commencer par elle.

— Qu'y a-t-il de si drôle ?

— Je vous imaginais vous coulant dans le moule !

— C'est si drôle que ça ?

Son visage se rembrunit. Il ne riait plus. Son regard s'était assombri, et il la fixait sans ciller.

— Vous avez raison, non, ce n'est pas si drôle.

Sa voix était rauque et d'une sensualité troublante. Et son regard…

— Katina, savez-vous que je vous trouve exceptionnellement belle ?

Elle écarquilla les yeux.

Elle savait qu'elle n'était pas désagréable à regarder mais « exceptionnellement belle », ce n'était pas des termes qui s'appliquaient à elle, avec sa bouche trop grande, son décolleté trop maigre et ses hanches d'androgyne.

Elle resta à le regarder, bouche bée.

Combien de temps, elle n'aurait su le dire. Elle était comme subjuguée. Par lui. Par sa voix qui n'était plus rauque mais qui s'insinuait dans son cerveau, chaude et douce comme du velours.

Zach ne parvenait pas à détacher les yeux du visage de sa passagère. Pourquoi avait-il tant parlé ? C'était la première fois qu'il se livrait ainsi. Même Alekis ne savait rien de la période antérieure à leur rencontre. Qu'est-ce que cette femme avait de particulier pour qu'il lui raconte cette partie de sa vie qu'il avait pourtant occultée ?

Elle avait l'art de faire parler les gens. Sans doute parce qu'elle était curieuse des autres et que ces *autres* l'intéressaient.

Elle n'était pas souriante. Tout dans sa posture transpirait l'agressivité, l'hostilité même. Malgré cela – peut-être à cause de cela – il avait envie d'elle. C'était incompréhensible.

Alekis Azaria l'ignorait, mais il lui avait confié un rôle très difficile. Et il ne pouvait plus reculer, maintenant.

C'est un coup de klaxon qui les ramena à la réalité.

— Ne dites pas de bêtises, grommela Katina en se rencognant dans son siège.

De toute évidence, personne ne lui avait jamais dit qu'elle était belle.

Il lui jeta un regard en coin.

— Même si vous êtes capable de vous couler dans le moule, ne le faites pas. Continuez à être vous-même aussi longtemps que vous le pourrez.

Le conseil la laissa pantoise.

— Qui d'autre voulez-vous que je sois ? Vous vous inquiétez trop pour moi, vous savez. Je suis habituée à être en trop. À ce qu'on me voie comme une déclassée. La gosse de l'assistance publique mal fagotée.

Si cette tirade avait pour but de s'attirer sa sympathie, il ne la lui exprima pas. En revanche, il éprouva secrètement de la colère envers ceux qui lui avaient volé son enfance, tandis qu'elle, avec sa candeur naïve, semblait n'en vouloir à personne. Elle campait sur les principes qu'elle s'était fixés – la tolérance, la gentillesse – et personne, apparemment, ne l'en ferait dévier. Sans doute avait-elle fait la paix avec son passé.

Pouvait-il en dire autant ? Lui, il en ressentait encore de la hargne…

Il refoula cette pensée.

Il faudrait qu'il règle un jour ses comptes avec son

passé. C'était de l'histoire ancienne, maintenant. Il fallait tourner la page.

Oui, mais… Il n'aurait sans doute jamais envie de le faire.

6.

— Vous pouvez rouvrir les yeux Katina. On est en l'air.

Encore tremblante, Kat rouvrit les yeux… Et se rendit compte que, pendant toute la durée du décollage, elle avait pris la main de Zach et l'avait serrée jusqu'à lui enfoncer les ongles dans la chair.

— Désolée, dit-elle, voyant les marques blanches laissées sur sa peau. Je n'étais jamais montée dans un hélicoptère. C'est impressionnant…

Elle leva les yeux vers lui.

Il la dévisageait de façon si étrange, si intense, qu'elle se troubla et se détourna pour regarder dehors.

Ils étaient haut déjà, et le vide qu'elle vit au-dessous lui donna le vertige.

Elle se plaqua la main sur la poitrine en soufflant.

La tête lui tournait, et la subtile odeur masculine de l'homme assis tout près d'elle n'arrangeait rien.

Elle n'avait jamais eu de réaction pareille en présence d'un homme. Que lui arrivait-il ? Elle ferait mieux de se calmer.

Elle se cala au fond de son siège et commença à se tordre les doigts nerveusement.

— Tout va bien, la rassura Zach, tout sourire. Calmez-vous.

Honteuse d'afficher aussi bêtement sa peur, elle cessa de se tordre les doigts et joignit sagement les mains sur ses genoux.

— Pardon, dit-elle en se tournant vers lui.

Il regardait droit devant lui maintenant et lui offrait son profil. Il avait une belle bouche, très sensuelle, avec une petite ride très attirante sur le côté.

Sans réfléchir, elle desserra les doigts pour lui effleurer la joue. Heureusement, elle retint son geste à la dernière seconde.

Cette envie avait été involontaire, machinale en quelque sorte. Quelle folie ! Avait-elle un gène défectueux responsable de son attirance pour les hommes qu'elle devrait fuir ? Un gène hérité de sa mère ?

Cela avait toujours été sa terreur secrète…

— Ça va mieux ? demanda Zach se tournant vers Katina.

Bon sang, qu'elle était belle ! La peur accentuait son air de petite fille fragile cherchant à être rassurée, la rendant encore plus désirable. Et elle le regardait avec des pupilles si dilatées – ses iris n'étaient plus qu'un mince anneau doré – et une bouche gourmande si affamée qu'il sentit son corps réagir.

Il pouvait cesser de s'interroger : cela ne faisait aucun doute, il ne lui était pas indifférent.

Il était urgent qu'il se calme. Alekis l'avait chargé d'une mission : éloigner tous les prétendants prêts à se glisser dans son lit. Ce n'était pas pour que lui-même prenne la place.

C'était la première fois qu'il réagissait de la sorte à la présence d'une femme. Et savoir qu'elle ressentait très probablement – sa bouche, ses yeux ne trompaient pas – une forte attirance pour lui, ça ne lui facilitait pas la tâche.

Fermant les yeux pour échapper au doux péché de la tentation, il essaya d'oublier son corps endolori par le désir.

Le cœur battant, la gorge sèche, Kat s'était tournée vers la vitre et regardait la mer bleue au-dessous d'eux.

Zach avait-il conscience comme elle de la tension sexuelle qui imprégnait l'air autour d'eux ? Allait-il faire quelque chose pour la faire retomber ?

Mais était-elle sûre de ce qu'elle éprouvait ? Sûre que c'était du désir ?

Elle s'apprêtait à dire quelque chose – quoi ? elle n'en savait trop rien – quand il ferma les yeux et, en une poignée de secondes, lui donna l'impression de s'être endormi. Elle qui se réjouissait d'avance de ce qu'il risquait de se passer entre eux, voilà qu'il dormait !

Consciente d'avoir failli se ridiculiser, mortifiée, elle rougit. Elle avait pourtant eu l'impression qu'il… Son imagination lui avait-elle joué un tour ?

Elle le regarda. Il avait toujours les yeux fermés. Dans le sommeil, il avait un visage reposé, des traits beaucoup plus doux. Il faisait vraiment plus jeune.

C'était bizarre d'être attirée par quelqu'un à qui vous plaisiez tellement qu'il s'endormait au bout de cinq minutes avec vous ! Le plus bizarre, c'était sans doute de n'avoir encore jamais rien ressenti de pareil.

Elle réfléchit.

Non. La vraie bizarrerie, c'était qu'elle soit encore vierge. Vierge parce qu'elle n'avait jamais laissé personne l'approcher et changer ça !

Et ce n'était pas ce qui se profilait avec Zach Gavros qui allait y changer grand-chose !

Elle repoussa toutes ces pensées, comme elle avait repoussé l'idée qu'elle était attirée par le beau Grec. Evidemment, le déni était plus facile quand elle le voyait en type imbu de lui-même, mais depuis qu'elle avait surpris ses fragilités, elle avait plus de mal à faire comme s'il ne l'intéressait pas. Ce sentiment, nouveau pour elle, disparaîtrait-il avec lui quand il sortirait de sa vie ?

Mais, très franchement, le souhaitait-elle vraiment ?

Elle n'avait pas encore répondu à la question qu'elle s'endormit à son tour.

Elle savait que c'était un rêve. Elle le faisait souvent avant, mais plus maintenant. Le cœur qui cognait, le nœud à l'estomac, les griffes d'un froid glacial qui la pinçaient… Mais ce n'était pas elle, c'était une autre personne qu'elle regardait, recroquevillée dans sa cachette, attendant que la main du monstre l'empoigne et l'en extirpe. Elle avait envie de crier à la petite fille de se tenir sur ses gardes, mais elle était paralysée, aucun son ne sortait. Elle observait, attendait, incapable d'empêcher l'inévitable.

« Je dors, je dors, ce n'est pas vrai », se répétait-elle, lorsqu'un bruit insolite la tira de son demi-sommeil.

Rouvrant les yeux, elle vit Zach penché vers elle.

— Nous arrivons.

Après quelques secondes de confusion, elle reprit pied dans la réalité. Elle se lissa les cheveux et en coinça une mèche derrière chaque oreille.

— Oh ! j'ai dormi !

— Vous avez rêvé.

— Ah bon ?

C'était donc qu'il l'avait regardée.

Il la fixait avec une insistance gênante.

— Vous ne vous en souvenez pas ?

— Vous vous rappelez vos rêves, vous ? répondit-elle se tournant vers la vitre.

C'était décidé. Quoi qu'il se passe, que son grand-père mange dans des assiettes en or massif ou qu'il prenne des bains dans du champagne, elle ne ferait pas l'étonnée. Elle allait montrer à ce Zach qu'elle n'avait rien à envier aux riches !

Sa décision s'évanouit dès qu'elle aperçut sa nouvelle résidence.

Leur arrivée coïncidait avec un coucher de soleil qui zébrait l'eau de reflets rouges. C'était à couper le souffle.

L'aire d'atterrissage semblait très proche du petit village avec ses maisons blanc et bleu aux toits de tuile. Son grand-père n'aurait pas pu habiter dans un endroit plus ravissant.

— La maison est loin du village ?

Zach la regarda, l'air amusé.

— Il n'y a pas de village.

— De la ville, si vous préférez, précisa-t-elle, agacée. Appelez ça comme vous voulez. Je vois…

Puis, subitement, tout s'éclaira.

— Tout ce que l'on voit… C'est à lui ? À mon grand-père ?

— Il y a du monde. Des domestiques. Ils vivent là, eux aussi.

Sous le choc, elle s'aperçut à peine qu'ils avaient atterri.

Un homme qui semblait attendre leur arrivée s'approcha et monta à bord. Après l'avoir saluée d'un signe de tête, il parla en grec à Zach, et tous les deux échangèrent un sourire.

Dépitée qu'on parle d'elle sans qu'elle en comprenne un mot, elle reporta son attention sur sa ceinture de sécurité dont le mécanisme lui résista un moment. Enfin libérée, elle repoussa ses cheveux en arrière et releva la tête.

Cette fois encore, Zach la buvait du regard.

C'était trop gênant. La tension, imaginaire ou réelle, qui emplissait l'habitacle redevint étouffante, l'air irrespirable. Elle se passa la langue sur les lèvres et frissonna.

— Votre grand-père a acheté l'île dans les années 1960, je crois. À l'époque, il y avait deux maisons, une église, et les seuls habitants étaient des chèvres. Elles sont toujours là, mais n'essayez pas de les approcher, elles ne sont pas apprivoisées. Elles pourraient vous blesser.

Elle fixa son visage anguleux, comme sculpté dans la pierre. Une statue grecque.

Il était superbe, mais, comme les chèvres de l'île, n'était pas apprivoisé.

Par chance, elle n'était pas attirée par les créatures sauvages. Celles-ci étaient trop imprévisibles à son goût.

Et voilà ! Une fois de plus elle était dans le déni, une caractéristique qu'elle avait empruntée à sa mère, qu'elle le veuille ou non.

— C'est bien, dit-elle. On fait quoi, maintenant ?

— Maintenant, je vous emmène à la villa, et je vous fais visiter votre nouvelle demeure.

Elle se leva et le suivit, la tête haute.

7.

La nuit était tombée très vite, presque brutalement. Pas habituée à ce phénomène, Kat le trouva déconcertant. Une odeur de mer et de thym sauvage, plutôt agréable, imprégnait l'air.

Descendu le premier de voiture, Zach se précipita pour lui ouvrir sa portière, puis il se dirigea vers la femme qui les attendait devant la porte ouverte de la villa.

Vêtue de noir des pieds à la tête, ses cheveux grisonnants serrés en un chignon dont pas une mèche ne dépassait, la femme qui les accueillait paraissait très soignée.

Comparée à elle, Kat se sentit vraiment négligée. Fatiguée par le voyage, les vêtements fripés, elle allait faire mauvaise impression à cette personne qui devait être la gouvernante des lieux.

— Katina, je vous présente Séléné, qui est la gouvernante de votre grand-père. Séléné, voilà Katina.

Zach et Séléné échangèrent quelques mots, en grec, que Kat ne comprit pas mais, aux coups d'œil de Séléné dans sa direction, elle comprit qu'il était question d'elle.

Il allait falloir qu'elle s'y fasse.

— Bienvenue, Katina. Vous avez quelque chose de Mia, vous savez.

Interdite, Kat écarquilla les yeux.

— Quoi ? Vous avez connu ma mère ?

La femme sourit découvrant une rangée de dents

aussi blanches que le double rang de perles qu'elle portait au cou.

— Bien sûr, je l'ai connue. Ma mère travaillait déjà comme gouvernante sur l'île, avant moi. Quand nous étions petites, votre mère et moi, nous jouions ensemble pendant les vacances, et puis nous avons grandi, et… Je l'ai beaucoup regrettée.

Kat sentit une envie de pleurer la guetter.

C'était la première fois de sa vie qu'elle pouvait évoquer sa mère avec quelqu'un, la première fois qu'elle allait peut-être pouvoir poser des questions, autant de questions qu'elle voulait – parce qu'elle voulait savoir.

— Quand j'étais petite, maman me racontait des histoires. L'histoire d'une île sur laquelle le soleil brillait tout le temps et où le sable était très fin et très blanc. Je croyais que c'était un conte de fées. Je n'ai jamais imaginé que…

Le cœur serré, elle détourna la tête pour ne pas montrer ses yeux brillants de larmes. Elle ne voulait pas que Zach la voie dans un moment de faiblesse.

Ironie de la vie, c'est lui qui vint à sa rescousse.

— Ai-je entendu parler de dîner ?

— Bien sûr, monsieur Zach, mais chaque chose en son temps, si vous voulez bien. Je vais d'abord montrer à Mlle…

— Kat, Séléné. S'il vous plaît, appelez-moi Kat.

— Je vais montrer ses appartements à Kat et la laisser se rafraîchir. On dînera dans une demi-heure, si cela vous va.

Elle les regarda l'un et l'autre puis, comme ils ne pipaient mot, conclut.

— Entendu, alors. Le dîner sera servi dans une demi-heure. Kat, M. Zach passera vous prendre dans votre chambre pour vous amener dans la salle à manger. La maison est grande, il faut un peu de temps pour se repérer.

Grande ? Non, immense. Et luxueuse. Marbre blanc au

sol, magnifique lustre à pampilles de cristal dans le hall d'entrée, d'où partait un imposant escalier qui donnait sur un autre hall au premier étage puis au second…

Ce fut la voix de Zach, profonde et chaude, qui la surprit dans sa contemplation muette.

— Alekis n'est pas un fan des demi-mesures. Pour lui, plus c'est grand, mieux c'est. C'est la taille qui importe. Il n'y a pas une pièce dans cette maison où l'on ne pourrait pas jouer au cricket. Je n'aime pas ce sport, mais…

— Vous n'avez jamais pris la peine d'essayer, objecta la gouvernante.

Elle posa la main sur le bras de Kat.

— Il a raison, les pièces sont très grandes.

Mais Kat n'écoutait pas. Elle s'était arrêtée devant un portrait.

— Elle est belle, cette femme.

— C'est votre grand-mère, je pense, dit Zach.

Les yeux agrandis de stupeur, elle contempla le portrait dans son cadre doré, richement sculpté, qui était éclairé par plusieurs spots. Elle avança vers le mur où il était accroché pour mieux voir le visage de cette dame qu'elle n'avait pas connue.

Sa grand-mère ! Était-ce possible ?

Ses racines qu'elle se désolait de ne pas connaître étaient là, devant ses yeux ! Cela semblait étrange. Surréaliste.

— Elle ressemble à maman…

Le visage qu'elle se rappelait flotta devant ses yeux.

— Enfin, je crois…

Zach ne voyait pas le visage de Katina, mais il entendit le tremblement dans sa voix et crut la voir se recroqueviller sur elle-même. Quelque chose passa en lui, une violente émotion et une envie de la prendre dans ses bras et de l'étreindre pour la réconforter, lui dire qu'elle n'était pas seule, qu'il était là et comprenait…

Mais un frein arrêta son élan.

La tendresse, ce n'était pas son fort.

À cet instant, Séléné s'approcha et la serra dans ses bras.

— Merci, murmura Kat. Merci.

Mal à l'aise avec les sentiments, il préféra prendre un peu de champ. Il laissait ce terrain-là aux femmes, beaucoup plus émotives que lui.

La gouvernante regarda à son tour le portrait.

— Oui, elle lui ressemble. Et en grandissant, elle lui ressemblait de plus en plus.

— Je n'ai aucune photo, je n'ai que mes souvenirs. Et je ne sais pas s'ils sont très fiables.

Zach faillit faire remarquer qu'elle avait de la chance, qu'il aurait aimé pouvoir douter de l'exactitude de ses souvenirs d'enfant. Hélas ! dans son cas, les souvenirs étaient bel et bien réels, et très douloureux.

— Je vais l'emmener, s'entendit-il dire.

Séléné hocha la tête et s'éloigna.

— Je n'aurais jamais imaginé ma mère ici, chuchota Katina.

— Par ici, dit-il en lui montrant le couloir.

Mais au lieu de le rejoindre, elle resta à contempler le portrait de sa grand-mère.

— Et vous ? Vous vous souvenez de votre mère ?

— Oui.

— Moi, j'aimerais bien.

— Je ne suis pas convaincu que ce soit toujours souhaitable.

Il se rappelait bien. Il se souvenait d'une femme qui avait été belle et que la vie avait usée prématurément. Elle l'avait élevé seule, enchaînant les petits boulots pour payer le loyer et lui acheter des vêtements décents. Elle était tout le temps fatiguée. Il s'était promis que, un jour, elle n'aurait plus besoin de travailler. Il aurait une belle situation, et sa maman pourrait se reposer, le luxe suprême pour elle. Mais le sort en avait décidé autrement. Il avait dix ans quand elle était morte. Longtemps, il avait pensé que c'était la fatigue qui l'avait tuée. Ce n'est que plus tard, par hasard, en lisant son certificat de décès, qu'il avait appris qu'elle était décédée d'une pneumonie. Faible comme elle était, elle avait succombé à la maladie qu'elle n'avait pas pu soigner, faute de moyens.

Incapable d'expliquer pourquoi elle avait tellement envie d'en savoir plus sur Zach Gavros, cet homme qui semblait tellement imbu de son pouvoir, Kat insista.

— Après le décès de votre mère, vous avez habité avec votre grand-mère et… ?

— Et avec mon oncle Dimitri.

Et il continua d'une voix basse, comme s'il avait oublié qu'elle était là.

— Lui, elle l'aimait à sa façon, si tant est qu'elle ait jamais été capable d'aimer. Sa vodka passait avant !

— Elle ne vous aimait pas ?

À peine posée, elle regretta sa question. C'était trop indiscret.

— Moi ?

Il éclata d'un rire amer.

— Elle m'en a toujours voulu d'exister. Comme elle en a toujours voulu à sa propre fille. Elle a fini par m'oublier et m'a laissé à mon oncle. Mais Dimitri était un faible qui en voulait au monde entier chaque fois que quelque chose n'allait pas dans sa vie. Et, comme tous les faibles qui ne sont jamais responsables de ce qu'il leur arrive, il était brutal. Méchant, même. Il me prenait pour un punching-ball. J'étais son souffre-douleur.

Émue, Kat sentit des larmes lui brûler les yeux. Visiblement, Zach se rappelait chaque coup reçu, chaque cri, chaque insulte. Il ne le disait pas, mais elle l'entendait.

— Je déteste les brutes ! déclara-t-elle avec feu. Je me rappelle…

— Kat ?

La voix de la gouvernante s'élevait dans la cage d'escalier.

Kat détacha son regard de celui de Zach et se pencha par-dessus la rambarde.

— Vous avez parlé de photos, tout à l'heure. On en prenait beaucoup en été. Je devrais en avoir quelques-unes à vous montrer. Je vais regarder si je les retrouve.

— Merci, Séléné.

— Par ici, répéta Zach.

Il était redevenu distant et froid. Il devait regretter de s'être laissé aller aux confidences. De toute évidence, il n'était pas le type d'homme à se livrer.

— Et vous ? Vous en avez vu, des photos de ma mère ?

— Non, c'était avant moi, répondit-il sèchement. Vous verrez cela avec votre grand-père.

À moins qu'il ne les ait détruites, pensa-t-elle, imaginant ce père déçu essayant par tous les moyens d'effacer sa fille de sa vie.

Ils marchèrent en silence dans un dédale de couloirs et de passages, et brusquement Zach s'arrêta devant une porte.

— Voilà, dit-il.

Une femme de ménage sortait justement de la chambre. Après quelques mots en grec avec Zach, elle s'éloigna.

— Qu'a-t-elle dit ?

— Vous n'apprendrez jamais le grec si je vous traduis tout.

— Comment voulez-vous que j'apprenne ?

— Vous n'avez qu'à prendre des cours.

Elle nota qu'il ne proposait pas de lui en donner.

Bon, c'était aussi bien, car elle perdait tous ses moyens quand elle était seule avec lui.

— On dit que rien ne vaut une immersion totale pour apprendre une langue. Bref… Voilà votre chambre. À dans une demi-heure, alors.

Elle faillit lui demander où il dormait mais s'arrêta à temps. Qu'aurait-il imaginé ?

Elle faillit aussi dire qu'elle ne dînerait pas, mais en fait elle se rendit soudain compte qu'elle mourait de faim.

Elle entra dans la chambre, seule, et referma la porte.

Le décor était spectaculaire. La pièce avait de faux airs de château avec ses boiseries à moulures dorées, ses meubles de style, sa cheminée monumentale surmontée d'un trumeau. Les bibelots, les tentures, tout cela transpirait l'argent. Les meubles anciens devaient valoir une fortune, mais ils étaient trop solennels pour qu'elle les aime. Elle était beaucoup plus simple que ça.

Un effort avait été fait, cependant, pour ajouter une note personnelle à l'ensemble : une bougie ici, un bouquet là.

La salle de bains était également spectaculaire. Quelqu'un avait allumé des bougies autour d'une baignoire en cuivre qui la tentait bien.

Mais Zach n'était pas du genre patient. Le bain, ce serait pour plus tard.

Elle se passa de l'eau sur le visage, appliqua un voile de gris sur ses paupières, deux passages de mascara sur ses cils et une touche de nacré sur ses lèvres. Un bon coup de brosse à ses cheveux les laissa lisses et brillants. Elle troqua son top contre un haut propre, légèrement froissé quand même, enfila par-dessus un chemisier en soie noire qu'elle prit dans sa valise, qui, Dieu sait comment, était arrivée dans sa chambre avant elle.

En quelques minutes, le tour était joué, et elle sortit dans le couloir sans attendre que Zach vienne toquer à sa porte.

Elle avait bien conscience que, par ce comportement, elle lui interdisait tacitement d'entrer. Une autre femme aurait sûrement agi différemment, trop heureuse de recevoir dans sa chambre un homme vorace, ardent, capable de l'allonger sur le lit et de se jeter sur elle…

Elle n'avait jamais considéré son inexpérience en

matière sexuelle comme un désavantage, mais brusquement elle n'en était plus si sûre. Ne passait-elle pas à côté de moments magiques ? Connaître une nuit torride, c'était peut-être merveilleux, après tout.

— Et maintenant ? dit-elle à l'approche de Zach. Où sont-ils ?

— Qui ça, « ils » ? Nous ne sommes que tous les deux, comme vous le voyez. Le raout, c'est pour demain.

Elle le regarda.

Ses cheveux étaient encore mouillés, il devait sortir de la douche. Il s'était changé. Chemise bleu pâle ouverte, jean noir moulant porté bas sur les hanches, il était beau comme un dieu. Autant dire irrésistible.

L'imaginant nu sous les aiguilles du jet d'eau qui lui picotaient la peau, elle rougit.

— Ah bon ? laissa-t-elle tomber, se détournant pour cacher son trouble.

Et elle partit droit devant elle d'un pas vif.

Zach la laissa filer avant de la rappeler.

— Où allez-vous comme ça ? Vous vous trompez !

Pincée, elle rétorqua qu'il ne lui avait pas indiqué quelle direction prendre.

Amusé, Zach hocha la tête.

Katina avait raison, il avait tous les torts. Tort d'être resté à la traîne pour le seul plaisir de la regarder marcher devant lui. Tort de s'être régalé de son déhanchement gracieux et suggestif. Tort d'avoir des pensées inavouables. Tort d'être obsédé par elle. Tort d'avoir succombé tout à l'heure à l'empathie qu'elle lui avait manifestée. Ce qui devait être une mise en garde était devenu une confession. Tout ce qu'il gardait pour lui jusqu'alors avait explosé au grand jour.

Il serra les dents.

Il n'avait jamais eu l'intention de se livrer. Ces événements, il entendait les garder pour lui. Il avait eu trop de mal à surmonter chagrins, peines et déceptions pour les voir resurgir aujourd'hui. Il avait éprouvé tant de rancœur, subi tant de souffrances… Cela ne pouvait pas, ne devait pas recommencer.

— Pardon, dit-il. Alekis ne reçoit pas beaucoup, mais je suis certain qu'il voudra vous présenter à tout le monde quand il ira mieux.

Elle l'attendit et reprit la marche avec lui.

— Il est très malade ?

— Il a déjà eu des alertes cardiaques, mais cette fois-ci ce n'est pas une alerte qu'il a eue. Et il n'est plus jeune.

Elle faillit lui dire que son ton indifférent pour parler de la santé de son grand-père la choquait, mais se tut. Cela ne le regardait pas. L'empathie n'est pas donnée à tout le monde, après tout. Et puis, peut-être pensait-il que c'était de la faiblesse d'étaler ses sentiments.

— Vous voulez dire qu'il est mourant ?

— Non, je vous répète ce qu'on m'a dit.

— Je devrais peut-être…

Il soupira.

— Cessez de penser à ce que vous devriez faire. Pensez plutôt à ce qui vous ferait plaisir.

— Vous êtes cynique !

— Oh ! ne me regardez pas comme cela… On dirait que vous venez de découvrir un ovni. Je ne viens pas d'une autre planète, Katina, je suis comme tout le monde.

— Pourquoi dites-vous ça ? C'est mal d'être différent ?

— Si à neuf ans on croit encore aux cloches de Pâques, à la petite souris et au père Noël, oui, c'est une mauvaise chose… Voilà, c'est ici que nous allons dîner.

Il poussa la porte et s'effaça pour la laisser passer.

Elle s'arrêta sur le seuil de la salle à manger.

— Oh ! que c'est joli !

Des voilages légers s'agitaient dans la brise. Les flammes des bougies posées ici et là dansaient.

— J'ai pensé que, après la journée que vous avez

passée, vous apprécieriez un peu de légèreté. Un décor moins solennel.

Elle ne répondit pas et entra.

— Ah ! J'entends la mer.

— Normal. Nous sommes sur une île.

Elle pivota sur ses petits talons.

— Je n'ai jamais vécu sur une île privée. Désolée, mais je ne suis pas blasée comme vous.

Il la dévisagea.

Son visage, balayé par la mèche qui retombait devant ses yeux, était animé par les lumières changeantes. Ce qui était surprenant c'est qu'elle semblait ignorer à quel point elle était belle. Totalement dénuée d'artifice, elle était le naturel même, un modèle de beauté pure. Une invite à…

Alors qu'il risquait de se noyer dans ses fantasmes, la gouvernante entra, flanquée de deux jeunes domestiques. Celles-ci poussaient une table roulante.

— J'ai suivi vos instructions, dit Séléné tout sourire. Rien de sophistiqué, mais je veux m'assurer par moi-même que cela plaira à Kat.

— Ce sera sûrement très bien, merci, dit Kat en s'asseyant sur la chaise qu'il lui avait avancée.

Les deux domestiques soulevèrent les cloches en argent qui maintenaient les plats au chaud.

— Je vous laisse ouvrir le champagne, dit Séléné en sortant la bouteille du seau à glace où elle attendait au frais.

— Donc, c'est ici que mon grand-père dîne quand il est seul ?

À ces mots, la gouvernante manqua s'étouffer, et elle s'empressa de s'éclipser en toussant.

— J'ai dit une bêtise ?

Il retint un sourire.

— Alekis dîne toujours dans la grande salle à manger, qui est de la taille d'un terrain de football. Ici, nous sommes dans la salle à manger privée qu'il utilise quand il reçoit ses… disons, ses amies.

Katina mit un petit moment à comprendre.

— Vous voulez dire qu'il a des…

Il hocha la tête.

— Mais il est vieux !

— Pas trop vieux, apparemment, dit-il en riant.

Il bascula en arrière sur sa chaise.

— Maintenant, dites-moi, vous ne vous attendiez pas à tout cela ?

— Je ne sais pas ce à quoi je m'attendais. Maman me disait toujours qu'un jour j'aurais de belles robes, et ça y est, j'en ai !

Elle avait trouvé un placard aussi grand que son logement de Londres qui regorgeait de robes signées de grands couturiers !

— Est-ce que vous aimez les fruits de mer ?

— J'aime tout, dit-elle en souriant. Sauf les cacahuètes. Je suis allergique…

Il comprit à son air mélancolique qu'il avait touché un point sensible. Peut-être réveillé un souvenir.

Il se dit qu'il n'avait pas besoin d'en savoir plus, mais la curiosité l'emporta.

— Si vous me permettez, à quoi pensez-vous ?

Katina leva les yeux, hésita, puis leurs regards se soudèrent.

— Quand maman m'a… Quand la police est arrivée à l'appartement, elle avait laissé un mot. Je l'ai. J'ai eu accès à mon dossier quand j'ai décidé de la rechercher, expliqua-t-elle. Cette décision n'a pas été facile à prendre. Je pensais qu'elle avait peut-être fondé une autre famille et que j'allais représenter un passé qu'elle préférait oublier. Je savais que c'était risqué, que je pouvais être rejetée une nouvelle fois.

— Vous avez quand même foncé, fit-il remarquer, la gorge serrée.

Tous deux avaient cherché des traces de leur passé, mais avec un objectif différent. Lui, il avait voulu en finir une fois pour toutes avec ce passé qui l'avait miné. Et leur mettre à tous son succès sous le nez, leur montrer qu'il avait réussi malgré tout. Katina, au contraire – c'était une supposition –, avait voulu nouer des liens pour satisfaire son besoin de famille.

Elle avait pardonné, lui pas. Jamais. Cela les séparerait toujours.

Elle haussa les épaules.

— Ça a pris plus longtemps que j'aurais cru. Elle avait complètement disparu de la circulation après être partie. Cependant, il ne m'était jamais venu à l'idée qu'elle pourrait ne plus être en vie.

Il la vit baisser les yeux et comprit qu'elle pleurait.

Alors il attendit.

Quand elle piqua sa fourchette dans un beignet de calmar et commença à le manger – sans grand appétit apparemment –, il soupira, soulagé.

Mais aussi, pourquoi lui avoir demandé à quoi elle pensait ? Il devait se douter que la réponse le toucherait, qu'elle lui donnerait envie de la protéger. C'était une réaction normale, même s'il n'avait jamais rien ressenti de pareil auparavant.

— Le mot qu'elle a laissé disait que…

Katina fixa son assiette et récita de mémoire, d'une voix monocorde :

— « Il m'a forcée à choisir. Katina est une gentille petite fille, et moi, je ne suis pas une bonne mère. P-S : Elle est allergique aux cacahuètes. »

Zach sentit son cœur se serrer. Lui qu'on disait insensible…

— Elle a voulu me mettre à l'abri, poursuivit-elle. Me protéger.

Il garda son commentaire pour lui.

Katina avait besoin de croire que sa mère l'avait

aimée. Cette femme avait peut-être effectivement voulu la protéger. Qu'en savait-il ? Et de quoi se mêlait-il ?

La regardant de nouveau, il sentit la colère gronder en lui.

Il y avait quelque chose de pathétique dans l'effort qu'elle faisait pour embellir l'image de sa mère et cacher sa propre tristesse. Si Katina avait un enfant un jour, il savait qu'elle ferait tout pour le protéger. Elle ne l'abandonnerait pas plus pour un homme que pour quelque autre motif que ce soit.

— Et alors ?

Faisant exprès de comprendre de travers, elle tapota sa poche.

— J'ai toujours un antihistaminique sur moi au cas où.

— Je le ferai savoir en cuisine, conclut-il.

— Ne vous inquiétez pas. Dans le doute, je ne touche pas aux plats exotiques. De toute façon, je ne suis pas allergique à ce point. Ce n'est pas comme cette fille que je connais qui a fait un choc anaphylactique pour avoir embrassé son petit ami qui venait de manger un curry dans lequel il y avait des cacahuètes pilées.

— Donc, vos amoureux se privent dorénavant de cacahuètes ? Ou de baisers…

Katina rougit et se tortilla sur sa chaise, puis elle but un peu de champagne pour se donner une contenance.

— Si j'ai bien compris, Séléné et vous, vous vous connaissez depuis longtemps, demanda-t-elle, dans l'intention évidente de changer de sujet.

Il haussa les sourcils.

— Ce qui veut dire ? Qu'elle ne me traite pas avec assez d'égards ? Vous savez, j'étais jeune la première fois que je suis venu sur cette île.

Ce qu'il n'ajouta pas, c'est que Séléné voyait probablement encore en lui l'adolescent susceptible, rebelle et agressif qu'il avait été. Sa convalescence n'avait pas été une sinécure pour la jeune gouvernante qu'elle était à l'époque.

Kat reposa sa serviette à droite de son assiette et fixa sa coupe de champagne sans y tremper les lèvres.

Vu la fatigue accumulée tout au long de la journée, la première coupe lui était montée à la tête. Et à présent, elle n'avait plus faim.

Elle étouffa un bâillement le plus discrètement possible.

— Vous êtes fatiguée ? demanda Zach

Quelle question ! Après la journée qu'elle avait passée, comment ne pas être épuisée ?

Elle étouffa un second bâillement.

À son tour, il posa sa serviette sur la table.

— Il faut vous reposer. Demain, vous allez encore avoir une grosse journée. Nous étudierons la liste des invités demain matin.

Le mot « matin » la fit penser au mot « nuit ». Au plaisir de se réveiller ensemble, elle la tête posée sur la poitrine de Zach, leurs jambes entremêlées, ce qui arrive normalement quand un homme passe la nuit dans le lit d'une femme.

Elle battit des paupières.

— La liste des invités ? dit-elle avec effort.

— Oui. J'ai dressé une première liste avec la bio de chacun.

— Il y aura un examen de passage ?

Sa remarque le fit éclater de rire, puis leurs regards se soudèrent, et le rire disparut, cédant la place au trouble.

Manquant d'air, elle toussa. C'était comme si, subitement, tout l'oxygène contenu dans la pièce avait été aspiré par une spirale ascendante. La tension devint intenable. Elle sentit que la tête lui tournait. Elle n'entendait plus que les battements de son cœur dans sa poitrine, que le sang qui cognait dans ses tempes, que son corps qui souffrait, qui criait qu'il avait envie de lui.

Noyé dans la profondeur des pupilles de Katina,

agrandies par un désir qu'elle ne pouvait plus nier, Zach, que sa volonté abandonnait, comprit que le seul moyen de rester maître de lui, c'était de fuir. S'il ne réagissait pas tout de suite, il était perdu.

Il se leva d'un bond, se pencha pour souffler les bougies et partit vers la porte.

— Je vais demander qu'on vous raccompagne dans votre chambre.

Déconcertée et déçue, Katina cligna des yeux et se leva à son tour.

— Vous ne…

Il se fendit d'un sourire impersonnel.

— J'ai un travail à terminer, déclara-t-il.

Et il sortit.

Dans le couloir, il s'adossa au mur et soupira.

Il en était certain, s'il l'avait raccompagnée lui-même dans sa chambre, il ne lui aurait pas dit bonsoir, mais bonjour le lendemain matin !

Il se décolla du mur et soupira de nouveau.

Il n'était pas fier de lui. Ne trouver que la fuite pour éviter de succomber à la tentation, ce n'était pas brillant de sa part.

Le corps et l'esprit en ébullition, phénomène qu'il n'avait jamais ressenti à ce point, il remonta le couloir à grands pas, pressé de s'éloigner de la fée qui lui avait jeté un sort.

Il y avait dans la maison une salle de sport nantie des équipements dernier cri, qu'Alekis n'avait probablement jamais utilisée et dont il devait même avoir oublié l'existence. Mais Zach passa à côté sans s'arrêter.

Au tapis de course, il préférait la plage.

Deux heures d'exercices plus tard, exténué, il récapitula la situation.

L'effort physique lui avait lavé la tête. Dorénavant, il était capable de raisonner sainement. Il le voyait bien, si cette fille l'avait retourné ainsi, c'était parce qu'elle partageait avec lui l'expérience de souvenirs douloureux liés à l'enfance. La logique de cette explication avait quelque chose de rassurant, elle évitait de tomber dans le cliché des âmes sœurs.

Quand il remonta de la plage, il se sentait plus sûr de lui, et capable de remplir la mission que lui avait confiée Alekis sans trahir son mentor.

8.

Après son petit déjeuner qu'elle avait pris seule, Kat se fit expliquer comment se rendre dans la bibliothèque où, apparemment, Zach l'attendait.

Drôle de Zach ! En fait, il n'y en avait pas qu'un. Il y avait le Zach chaleureux et attentif, qui lui avait même manifesté de la sympathie quand elle avait évoqué son passé, et l'autre, froid et distant, qui se barricadait derrière un mur de défense pour être bien sûr de ne pas se laisser atteindre par un quelconque sentiment.

Elle comprenait que l'on veuille se protéger, mais elle souffrait pour ceux dont il faisait partie, qui, sous prétexte de ne pas souffrir, s'enferment dans un monde froid et dénué de tout sentiment.

D'accord, ce n'était pas son affaire. Il n'empêche, cette pensée l'avait tenue éveillée une partie de la nuit.

— Bonjour. Bien dormi ?

Elle cligna des yeux.

Sa nuit avait été émaillée de rêves érotiques, de séances d'essayage de chaussures, de stations sur le balcon à écouter le flux et le reflux apaisants de la mer. Quant à bien dormir…

— Du café ?

Il s'était immobilisé, debout, une cafetière à la main, hyper sexy dans son T-shirt noir et son jean moulant.

C'était un crime d'être aussi séduisant ! Heureusement que sa façon de se comporter avec elle était loin d'être aussi séduisante, autrement elle aurait été fichue. Mais, bon, ce n'était pas le cas, et elle n'avait rien à craindre.

Hélas…

Voyons, un peu de réalisme ! Ce n'était pas le moment de s'amouracher de quiconque, et ce n'était pas à cet homme qu'elle demanderait son avis sur la tenue qu'elle avait choisie pour ce soir-là.

— Oui, merci, noir, répondit-elle, adoptant la même désinvolture que lui.

Elle but un peu de café sans le quitter des yeux, pour voir sa réaction.

Peine perdue. Il lui tournait déjà le dos pour faire défiler une liste sur l'écran d'une tablette.

— Bien. J'ai invité ce soir trente-cinq personnes de tous les horizons. J'ai éliminé tous ceux qui pourraient poser un problème, excepté Spiro Mithridates…

Il se retourna et s'approcha pour lui montrer l'écran, si près qu'elle sentit son souffle sur ses cheveux.

— Son comportement avec les femmes est sulfureux, lui glissa-t-il. Malheureusement, Alekis et lui sont en affaires, j'étais donc obligé de l'inviter.

Elle détourna la tête et rougit.

Il portait une accusation grave sur ce Spiro qu'elle ne connaissait pas, sans la moindre trace d'ironie dans le ton. Venant de lui, c'était savoureux !

— Vous n'avez pas l'air de l'apprécier.

— Je n'ai pas à l'apprécier ou pas.

— Qui est-ce ? demanda-t-elle en montrant la belle blonde en photo à côté dudit Spiro Mithridates.

— C'est Ariana.

Sans qu'elle comprenne pourquoi, cette réponse lui déplut. Un accès de jalousie ? Cela ne lui ressemblait pas, pourtant.

— Vous la connaissez ?

— On est sortis ensemble à une certaine époque. Spiro l'avait téléguidée pour qu'elle fasse un peu d'espionnage industriel chez moi, mais j'ai retourné la situation à mon avantage en lui livrant de fausses infos. Il ne m'a jamais pardonné. Je vous conseille de le garder à distance.

C'était donc ça, il avait eu une liaison avec elle !

Ce n'était pas de la jalousie qu'elle ressentait, c'était pire. Zach lui aurait planté un couteau dans le cœur, elle ne se serait pas sentie plus mal.

Effrayée par la violence de sa réaction, elle baissa les yeux pour cacher les sentiments qui devaient se voir sur son visage comme s'ils étaient éclairés au néon.

Elle réussit à répondre d'une voix calme qui la surprit elle-même.

— Elle s'est servie de vous, et vous vous êtes servi d'elle. Vous êtes à égalité, en somme.

Se rendant compte qu'il la regardait bizarrement, elle comprit que le calme de sa voix ne l'avait pas trompé.

— Qu'est-ce qui ne va pas ? demanda-t-il.

— Rien. Pourquoi ?

La tablette sous le bras, elle prit l'air dégagé et poursuivit :

— Je me suis promis d'explorer l'île ce matin.

— Vous voulez un guide ?

— Je crois que ça va aller.

Il fallait qu'elle sorte de cette pièce le plus vite possible, avant qu'il comprenne. Ce serait trop humiliant.

Ce ne fut pas le sens de l'orientation de Kat qui la ramena dans sa suite, mais bien plutôt la chance.

Personne n'avait rangé les chaussures qui traînaient sur le sol au milieu de la chambre depuis qu'elle les avait sorties du placard, tôt le matin.

De mauvaise humeur, elle donna un coup de pied dans un ravissant escarpin en agneau contre lequel elle avait trébuché, se prit les pieds dans une paire de mocassins rouges à glands de cuir et se baissa pour inspecter une bottine à talon aiguille beaucoup trop haut, terriblement sexy, et qui tout compte fait donnait mauvais genre.

Elle la lança de l'autre côté de la chambre puis, prise de remords, ramassa tous les souliers et les rangea soigneusement dans leurs boîtes.

Il était temps qu'elle se contrôle. Il fallait qu'elle se concentre sur les invités du cocktail au lieu de se focaliser sur Zach Gavros.

Elle passa l'heure suivante sur son lit, la tête dans les mains, à étudier la liste des invités, le haut du panier de la société athénienne.

Pour une raison incompréhensible, elle avait l'impression de ne rien retenir.

L'irruption d'une employée la soulagea.

— Mme Carras m'envoie vous dire qu'un thé a été servi dans le petit salon.

Pourquoi pas ?

Elle referma sa tablette et demanda à la jeune femme de l'y conduire.

Un peu plus tard, sa tasse à la main, Kat s'approcha de la baie vitrée.

La mer scintillait sous le soleil matinal, comme couverte d'écailles d'argent. C'était beau à couper le souffle.

Séléné entra, l'air harassée.

Quelle chance elle avait d'être occupée ! Habituée à travailler, Kat commençait à s'ennuyer. L'oisiveté ne lui avait jamais convenu.

— Bonjour. Avez-vous bien dormi ?

— Très bien, prétendit-elle. Je pensais que je pourrais faire le tour de l'île ce matin, sauf si vous avez quelque chose à me…

— Mon Dieu, non ! l'interrompit la gouvernante. J'aurais pu demander à Della de vous accompagner, mais elle n'est pas dans son assiette ce matin… Elle est amoureuse.

— Pas de problème, répondit Kat. De toute façon, je préfère me promener seule, si c'est possible.

— Bien sûr. Faites une belle promenade.

En faisant le tour de l'île, Kat s'arrêta à plusieurs reprises pour regarder la maison qui couronnait le piton rocheux central.

Celle-ci présentait une forme en étoile. Elle se composait d'un espace de vie d'où partaient des branches où se trouvaient les chambres ou les suites du maître de maison, de ses invités et du personnel attaché à ses soins. Une large terrasse la ceinturait sur tous côtés. Des pelouses, vertes malgré le soleil encore chaud et magnifiquement entretenues, descendaient jusqu'à la mer, entrecoupées de plantations d'oliviers, de citronniers, et de bosquets où prédominaient les pins parasol, les cyprès et les chênes verts.

C'était immense. Quel besoin avait-on de vivre dans un espace aussi grand ? Elle n'en voyait vraiment pas la nécessité, sinon pour afficher un statut social démesuré. Sans compter qu'il fallait le personnel qui allait avec… Un luxe inutile à ses yeux.

Après une bonne demi-heure de promenade et quelques pauses pour admirer le paysage, elle revint vers la maison.

Elle ôta son pull et s'assit sur l'un des bancs de pierre encadrés de plates-bandes de fleurs. Alors qu'elle rêvait, complètement dans la lune, Séléné apparut, flanquée d'une jeune domestique.

— Voilà Della, dit la gouvernante.

Leur apparition intervenait à un moment si parfait que Kat, qui ne croyait pas aux coïncidences, se demanda si ses mouvements n'avaient pas été suivis par des caméras de surveillance.

— Bonjour, Della, dit-elle en souriant.

La jeune fille ne lui retourna pas son sourire, elle fit

un petit signe de tête juste poli. Rien de trop. Elle affichait un air maussade. Le mascara qui avait bavé sur ses joues laissait deviner que les heures qui avaient précédé n'avaient pas été roses. Si c'était ça, être amoureuse !

Séléné, qui n'avait sans doute pas remarqué plus tôt les traînées de mascara, la somma d'aller se débarbouiller. La fille ne se fit pas prier, elle fila.

— Ce qu'il fait beau ! s'exclama Kat. Je ne me lasse pas de ce spectacle.

— Heureusement, il fait un peu moins chaud que cet été. C'était étouffant. Vous avez fait votre tour ? Vous vous y retrouvez un peu ?

Kat sourit. Oui, elle s'y retrouvait mais elle ne se faisait pas à tout ce tralala. La simplicité de son ancienne vie lui manquait.

— Il y a beaucoup de choses à voir, répondit-elle platement.

— Vous êtes sûre que vous ne voulez pas que quelqu'un refasse un tour avec vous ? Pas Della, bien sûr. Cette fille est… Elle me fatigue, aujourd'hui. Je sens que je vais perdre patience.

— Vous savez, ça ne me dérange pas de me promener seule. Je découvre les choses à mon rythme. Si je suis un guide, j'aurai plus de mal pour me repérer ensuite.

La gouvernante opina en souriant.

— À propos, on est en train de préparer les chambres pour ce soir. Le service va être perturbé. Je peux vous apporter du thé, du café, des petits gâteaux ?

— Du thé, je veux bien, merci. J'en conclus que certains invités vont passer la nuit ici.

Étant donné l'espace, cela ne devait pas poser de problème.

— C'est ce qu'il se passe normalement, mais M. Zach a prévu ce qu'il faut pour leur retour. Ils partiront à huit heures et demie. En conséquence, la soirée commencera tôt. D'ailleurs, les musiciens sont déjà là. Il vaut mieux que j'y aille car ils sont… Comment dire, ce sont des artistes !

Sur ces mots, Séléné disparut.

Quand le thé arriva, assorti de pâtisseries au miel et aux noix délicieuses, Kat ne se fit pas prier. Elle en avala plusieurs à la suite.

Voilà comment les gens qui s'ennuient grossissent !

Au pire, cela lui tiendrait lieu de déjeuner.

Une fois régalée, elle repartit.

La deuxième aile de la maison abritait les domestiques. Sentant que son apparition dans l'office où l'on préparait le cocktail semait la perturbation, elle s'empressa de s'éclipser.

Revenue dehors, elle commença par se perdre avant de se retrouver devant une piscine. Sur le deck au bord du bassin, un bain à bulles bouillonnait joyeusement.

Elle s'installa dans un des transats et en apprécia le confort.

Décidément, ce monde était à des années-lumière de celui qu'elle connaissait.

Pointant le menton, elle réfléchit.

Puisqu'elle était embarquée dans cette galère, elle allait faire ce qu'il fallait, mais à sa manière. Ne pas s'attarder sur ce que cette aventure avait de négatif, mais se concentrer sur les aspects positifs, comme à son habitude. Bon, être une riche héritière, ce n'était pas sa tasse de thé, mais elle en avait vu d'autres et avait survécu.

Elle avait sauvé le refuge, c'était ça, l'important… Si vraiment elle héritait d'une belle somme d'argent – elle aurait fatalement le pouvoir qui allait avec –, elle n'aurait aucun mal à dépenser cette fortune. Il existait un tas de causes dignes d'être aidées.

Della vint lui présenter le menu.

— Un sandwich, s'il vous plaît.

Ce serait facile à manger en marchant dans les jardins et sur la plage où elle avait l'intention de se promener.

— C'est tout ? insista la jeune domestique, mal à l'aise. Qu'est-ce que je vais dire à Mme Carras ?

— Que je veux un sandwich, Della.

La jeune fille se mit à pleurer.

— Bien, dites-lui que je veux déjeuner, alors !

La jeune domestique sanglota de plus belle.

— Il l'envoie au diable ! Je ne le reverrai plus jamais, et je l'aime.

— Asseyez-vous, dit Kat.

Elle se leva pour laisser la place à la jeune fille, qui s'essuya les yeux dans son tablier.

— Qui est ce « il » ? Qui envoie quelqu'un au diable ?

— M. Gavros. M. Azaria dit qu'il est merveilleux, mais c'est faux. Il est cruel et sans cœur. Il éloigne Mikos parce qu'il pense que je suis trop jeune ! De toute manière, il ne veut pas que les gens soient heureux et…

L'irruption de la gouvernante, mécontente de voir la jeune fille pleurer, mit un terme à ses jérémiades.

— Retourne à l'office, Della, ordonna Séléné. Tu n'as pas honte ?

Se tournant vers Kat, la gouvernante s'excusa.

— Je suis désolée.

— Pas de problème, répondit Kat. Elle dit que Zach a envoyé son petit ami au diable.

— Je sais. Elle le raconte à tout le monde.

Kat était bien placée pour savoir que Zach pouvait se montrer cynique et manipulateur, mais ce que racontait Della ne devait pas être vrai. Pourquoi Zach aurait-il cherché à briser un amour naissant ? S'en moquer, oui, mais pas… Non, elle en était sûre, il y avait autre chose.

— C'est vrai ? demanda Kat. Il l'a éloigné ?

La gouvernante haussa les épaules.

— Oui, je pense que c'est vrai. Il a beaucoup misé sur Mikos. Je ne sais pas si vous le savez, mais Zach a un arrangement avec l'université : si un jeune qu'il recommande réussit l'entretien et l'examen d'entrée, il est admis sans autre formalité en première année. Mikos est très brillant. Il commence au prochain semestre, et il est fou de joie. Tous ces jeunes en perdition n'intègrent pas l'université, évidemment, mais on leur offre à tous un moyen de s'en sortir.

Kat essaya de comprendre ce qu'il y avait derrière cette information.

— C'est-à-dire qu'au départ Mikos était…

— Comme Zach. Il vivait dans la rue, mais sa situation n'était pas aussi désespérée que celle de Zach quand M. Azaria l'a récupéré.

Sans le savoir, la gouvernante venait de lâcher une bombe. L'imagination de Kat se mit en mode turbo.

Zach avait vécu dans la rue ? Elle savait que sa situation familiale n'avait pas toujours été rose. « Marginal », avait-il dit. Elle comprenait maintenant ce qu'il avait voulu dire.

L'image du jeune Zach errant seul dans les rues lui serra le cœur. Mais celle du loup solitaire qu'il était devenu la touchait peut-être encore plus.

C'était sans doute son grand-père qui avait sorti Zach de l'ornière. Cela expliquait sa fidélité envers le vieil homme.

Elle hocha la tête en souriant, rassérénée.

Finalement, Zach Gavros comptait parmi les gens gentils dont il se moquait si bien !

Séléné interpréta son sourire de travers.

— On sait ce que c'est qu'être amoureux quand on est jeune. Le hic, dit-elle en baissant la voix, c'est que Mikos est soulagé. Della s'était emballée. Elle est beaucoup trop jeune.

Elle poussa un soupir.

— Autant que je lui donne sa journée plutôt que de

risquer de l'avoir en pleurs toute la journée avec nous. Bon, je vous laisse à votre promenade.

Après avoir avalé un délicieux sandwich, Kat alla passer un maillot de bain et repartit vers la plage. Elle ne savait pas nager, mais était impatiente de barboter dans cette eau bleue scintillante.

Vite, elle posa ses vêtements sur le sable et courut vers la fraîcheur des vaguelettes.

Elle avança dans l'eau jusqu'à mi-cuisse et, la main en visière pour ne pas être éblouie, contempla la mer tout en laissant son esprit vagabonder... Vers Zach Gavros, évidemment.

Allait-elle le narguer avec ce qu'elle avait appris de son passé, lui demander pourquoi il redoutait qu'on le soupçonne de gentillesse ?

Il s'était ingénié à lui faire croire qu'il était odieux. Il l'était peut-être parfois, mais il n'était pas que cela, contrairement à l'image qu'il voulait donner. C'était comme s'il avait voulu que les gens ne voient que la mauvaise part qu'il avait en lui.

Les gens... Ou seulement elle ?

Comment le savoir ? Cet homme n'était qu'un tissu de contradictions !

Hochant la tête, elle sortit de l'eau et s'effondra sur le sable chaud. Elle ramena ses cheveux en arrière et, après s'être débarrassée du sable qu'elle avait sur les bras et les jambes, offrit son corps au soleil.

Quand elle regarda sa montre pour vérifier l'heure, elle constata qu'il était déjà tard. Le temps avait passé à toute vitesse. Elle se leva, passa ses vêtements sur son maillot et partit en courant.

Elle atteignait les pelouses qui descendaient de la maison vers la mer quand elle heurta, non pas le tronc d'un des oliviers qui bordaient le gazon, mais quelque chose d'aussi dur et chaud.

Zach !

S'il ne l'avait pas retenue, elle serait tombée. Elle s'agrippa à son bras, qu'elle griffa sans le faire exprès.

Un peu sonnée, elle se ressaisit et s'excusa.

— Oh ! pardon !

Il portait un T-shirt moulant qui laissait deviner une musculature d'athlète et un bermuda. Mon Dieu, qu'il était attirant !

Enivrée par l'odeur virile entêtante qu'il dégageait, elle fut assaillie par une pensée folle et battit des paupières, rougissante.

Étranglée par l'émotion, elle porta la main à son cou.

Elle était incapable de prononcer un mot. Elle avait envie de lui à en avoir mal partout. Elle n'aurait jamais cru que le désir fasse souffrir à ce point. Elle avait la gorge et la poitrine serrées. Elle respirait mal. Il était près, trop près. Elle ne parvenait plus à penser, seulement à ressentir.

Oh oui ! c'était douloureux ! Mentalement et physiquement douloureux.

Zach soutint le regard de Katina plus longuement que nécessaire.

Les cheveux en bataille mais la peau dorée et ses lèvres qu'il brûlait d'envie d'embrasser légèrement saupoudrées de sel, elle était la tentation incarnée.

Il lui fallut tout ce qu'il avait de volonté pour résister à l'ardeur qu'il lisait dans ses yeux.

Il était temps de regarder les choses en face et d'arrêter de faire semblant : sa volonté ne pesait pas lourd face au magnétisme de cette femme.

Mais la petite-fille d'Alekis avait besoin… méritait mieux que ce qu'un homme comme lui pouvait lui offrir.

— Vous ne semblez pas d'humeur à faire la fête, lui dit-il.

— Je ne suis pas en mode festif, je suis en mode panique. Je suis en retard, je crois.

Elle passa la main dans ses cheveux que le vent avait emmêlés, et comme il la lâchait, elle recula.

— Il faut que je me dépêche, dit-elle, anxieuse. J'ai intérêt à courir.

Son regard lui tenait un autre discours, mais il n'était pas question qu'il la retienne.

— Oui, en effet. Dépêchez-vous.

Kat était essoufflée par sa course quand elle entra dans sa suite, où une surprise l'attendait.

— Bonsoir, dit-elle en souriant à la petite assemblée qui attendait dans son salon.

Espérant une explication, elle interrogea Séléné du regard avant d'apercevoir, sortant d'un sac, un sèche-cheveux et tout un assortiment d'outils de coiffeur.

— Je pense qu'il serait temps que vous commenciez à vous préparer, répondit Séléné, les yeux sur le cartel posé sur le manteau de la cheminée.

— Oh ! pardon ! Je vous ai fait attendre ?

— Pas du tout, prétendit poliment la gouvernante.

— En fait, vous pouvez me laisser, dit Kat à l'adresse du coiffeur et du maquilleur venus s'occuper d'elle. Je préfère me préparer seule.

L'air choqué – et navré – de Séléné faillit la faire rire. Celle-ci ne pouvait-elle pas comprendre qu'elle refuse de se laisser coiffer, maquiller, manucurer par des gens engagés pour cela ?

— Honnêtement, je me suis toujours préparée toute seule, vous savez.

— Mais nous sommes là pour vous…

Elle sentit l'impatience la gagner.

— Non merci, insista-t-elle.

Elle aimait bien se faire chouchouter, comme tout le monde, mais pas tous les jours. Il ne fallait pas que cela devienne une habitude.

N'empêche, ils devaient penser qu'ils avaient affaire à une originale. Essayant de faire taire l'impatience qui la gagnait, elle se répéta.

— Je vous jure que je peux me débrouiller seule. Si j'ai un problème, je vous appelle.

Elle leur sourit, leur montra la porte avec autorité et la referma sur eux, les laissant abasourdis.

Elle mit de la musique et monta le son sans se soucier de savoir si elle importunait les voisins, puisqu'elle n'en avait pas.

Un jour, elle ferait du yoga, mais pour l'heure elle avait besoin d'un air de rock pour se détendre.

Elle défit ses cheveux et, heureuse d'être libre, se mit à danser sur la musique.

Le morceau terminé, elle se jeta sur le lit. Les yeux au plafond, elle attendit que les battements de son cœur se calment.

Dire qu'elle était détendue serait excessif, mais elle était trop épuisée pour chercher à se sauver. Une pensée en amenant une autre, elle repensa à Zach et à sa tentative pour lui échapper. Elle s'était arrêtée une fois pour voir derrière elle. Il était toujours là à la regarder.

Cette image la troublait encore.

— C'est dingue, marmonna-t-elle en allant dans la salle de bains.

La baignoire en cuivre qui occupait le centre de la pièce était magnifique. Elle s'imaginait bien y prenant goût très vite.

Elle renifla l'une après l'autre les huiles de bain alignées sur une étagère, puis se déshabilla et entra dans la douche, si spacieuse qu'elle aurait pu accueillir une équipe de football. Mais ce qui lui trottait dans la tête, ce n'est pas l'image d'une équipe de footballeurs mais celle d'un homme unique… Un homme qui occupait ses pensées jour et nuit maintenant. Qui l'obsédait.

Il était temps qu'elle se rappelle qu'elle n'était pas le

genre de femme qui déshabille les hommes, même en imagination, et encore moins…

Elle fit la moue et se jeta virtuellement un seau d'eau glacée à la figure, histoire de se calmer.

Débarrassée des dernières traces du sable qui s'était infiltré partout, enduite de la tête aux pieds de lotion hydratante et drapée dans une serviette de bain, les cheveux encore mouillés, elle regarda la robe qu'elle avait choisie dans le dressing, ce matin-là.

C'était un long fourreau en soie bleu nuit, si foncé qu'il semblait noir, avec un décolleté plongeant dans le dos.

Après s'être séché les cheveux, elle essaya plusieurs coiffures, regrettant presque d'avoir éconduit le coiffeur dépêché pour elle. Elle opta finalement pour un chignon bas sur la nuque dans lequel elle planta une armée d'épingles pour qu'il tienne et dont elle tira quelques mèches pour adoucir l'effet chignon toujours un peu dur.

D'habitude, elle se maquillait à peine : une touche de rose aux joues et un trait rose sur les lèvres. Les dix minutes qu'elle prit pour se maquiller lui parurent une éternité, mais tout compte fait le résultat en valait la peine. Le blush poudré sur les joues, un peu plus soutenu sur les pommettes, lui donnait bonne mine. Elle avait particulièrement sogné son regard en le soulignant d'un trait précis d'eye-liner qui accentuait la forme en amande de ses yeux. Ses cils, qu'elle avait naturellement longs et fournis, eurent droit à deux couches de mascara noir.

Elle arrangea les bretelles de sa robe de façon à mettre en valeur ses épaules nues et passa des hauts talons. De profil devant la psyché, elle jugeait de l'effet de l'ensemble quand quelqu'un frappa à la porte.

C'était sûrement Séléné qui venait voir si tout allait bien.

Elle inspira une bonne bouffée d'air, se redressa de tout son haut. Sourire en place, donnant l'impression d'une totale confiance en soi – bien loin de la réalité –, elle ouvrit.

Son sourire se figea sur-le-champ.

Saisie par une myriade de sentiments et d'émotions impossibles à démêler, elle regarda la haute silhouette qui se tenait devant elle.

Zach.

Il n'était plus en bermuda mais en costume sombre, et ses cheveux étaient mouillés comme au sortir de la douche.

Son cœur cessa de battre, et elle crut un instant qu'il ne repartirait jamais.

Décontenancée, ne trouvant rien à dire, elle plaqua la main sur son cou.

— Je ne m'attendais pas à… Vous m'avez fait peur, bafouilla-t-elle.

Elle sentit sous ses doigts la petite veine bleue qui battait comme une folle dans le creux de son épaule.

Debout devant elle, comme statufié, Zach se gratta la gorge. Puis, fidèle à son habitude, il la nargua.

— Je ne pensais pas que quelque chose puisse vous effrayer !

Katina était la femme la moins peureuse que Zach ait jamais rencontrée, et la plus belle aussi, dire le contraire aurait été un mensonge. Sa robe bleu nuit faisait ressortir son teint ivoire. Ce fourreau merveilleusement taillé flattait sa silhouette longiligne. Ses cheveux enroulés et ramassés en chignon mettaient en valeur son long cou et ses épaules. Elle était tout à la fois, l'élégance, la beauté et la sensualité. C'était difficile de détacher le regard de ce physique de sirène.

Il posa la main sur le chambranle de la porte au-dessus de sa tête et inspira profondément, s'emplissant les poumons de son parfum délicieux.

— Si c'est pour impressionner l'assemblée, bravo, c'est réussi ! Vous êtes superbe.

Si le compliment la toucha, elle se garda de le lui montrer.

— Je veux simplement être comme tout le monde, me fondre dans la foule, dit-elle d'une voix un peu cassée.

— Alors si c'est ça, c'est raté.

À son air dubitatif, il se demanda si elle ne s'était pas mise sur son trente et un pour le séduire.

Il baissa son bras et se redressa, les reins en feu, presque douloureux de désir.

— Suivez-moi, dit-il, lui faisant signe de marcher près de lui.

Après quelques pas à son côté, elle s'arrêta brusquement.

— Quand opèrent-ils Alekis ?

— Jeudi matin, première heure, à condition que les analyses préliminaires soient bonnes.

— Je devrais peut-être aller le voir avant.

— Si vous voulez.

— C'est une opération à risques ?

— Un stent et une valve à remplacer, je crois.

C'était bizarre, parler de vie et de mort avec Zach faisait prendre conscience à Kat de la futilité des mensonges qu'elle s'était racontés tout au long de la journée. Pour quelqu'un qui avait passé sa vie à éviter tout ce qui peut être excitant ou dangereux, l'idée qu'elle était obnubilée par un type comme Zach Gavros et prête à se donner à lui, c'était effrayant. Effrayant et libérateur à la fois.

Cela l'aurait aidée que Zach reste à ses yeux l'incarnation du capitalisme qu'elle exécrait. Mais il ne se réduisait pas à cela. Elle comprenait qu'il ne veuille pas parler de son passé de peur que les autres s'imaginent qu'il le faisait dans un but intéressé. Mais pourquoi cacher les services qu'il rendait à la société ?

Elle soupira et essaya de penser à autre chose. Aux deux heures qui l'attendaient.

Il arqua un sourcil interrogateur.

— Eh bien ? Vous avancez ?

Elle trottina pour le rattraper.

— Vous avez dressé une liste, il me semble. « Ne parlez pas la bouche pleine ; ne buvez pas plus que de raison ; ne dansez pas sur les tables ; ne discutez pas politique ; n'injuriez pas les invités ; n'envoyez pas promener ceux qui ont de l'influence même s'ils sont antipathiques et détestables à vos yeux. »

— Je crois que vous avez couvert l'essentiel. En tout cas, tout ce qui est mentionné dans la liste.

Il marqua un temps d'arrêt.

— Ne vous en faites pas, ça se passera bien. Personne n'a de raison de vous chercher des ennuis. Vous verrez, ce sera facile.

— En tout cas, je ne boirai pas. Il n'y aura donc pas de photos de moi en train de danser sur une table sur les réseaux sociaux. J'ai été ivre une fois, et je n'ai pas du tout aimé.

Ce souvenir la fit grimacer.

— Ça n'empêche pas les gens de recommencer, dit-il en riant. Enfin, en général.

Elle constatait avec plaisir qu'ils pouvaient parler simplement, sans la moindre connotation sexuelle dans leurs propos.

— On avait versé quelque chose dans mon verre, expliqua-t-elle distraitement.

Zach s'arrêta de rire sur-le-champ et, lui posant les mains sur les épaules, la cloua sur place.

— Racontez-moi. Qu'est-ce qu'il s'est passé ?

— C'est arrivé quand on fêtait l'anniversaire d'un ami dans une boîte de nuit. Il ne s'est rien passé de grave, mes amis m'ont sortie de là.

Elle préférait ne pas penser à ce qu'il serait arrivé s'ils n'avaient pas été là… Si l'homme qui essayait de l'emmener avait réussi à l'embarquer à bord de son véhicule.

— Pendant quelque temps, je n'ai plus fait confiance à personne, puis j'ai réagi : il n'était pas question que je laisse la peur régenter ma vie.

Elle remua les épaules pour qu'il la lâche et marcha devant puis, après réflexion, se retourna.

— Il faut faire confiance aux gens, parfois. Vous ne croyez pas, Zach ?

Zach accusa le coup ; il sentit le sang cogner dans ses tempes.

— Dois-je voir un message dans ce que vous dites ?

Katina le regardait droit dans les yeux, de son regard doré si pénétrant.

— Non, je dis ça comme ça, répondit-elle haussant les épaules. Certaines personnes sont toxiques, elles font le mal pour faire le mal, mais il y en a aussi qui sont bonnes. On se prive de beaucoup de choses quand on rejette tout le monde en bloc.

— Et si quelqu'un trafique votre verre, Katina ?

— Je refuse de vivre dans la peur. À Londres, j'ai des amis qui font attention à moi, et ici… Ici, j'ai… vous. Enfin, je crois.

Un sourire éclatant illumina son visage.

Il détourna les yeux, se traitant tout bas de lâche.

— Ce soir, oui. Mais demain, après-demain et ensuite ? Il ne faut pas accorder sa confiance aveuglément, Katina.

Son regard fiévreux chercha le sien.

— Comment cela ?

Soudain, la lassitude le submergea comme une déferlante. Il n'en pouvait plus de se battre contre l'envie de la prendre dans ses bras. C'était trop difficile. Tant pis, il abandonnait.

Sans plus réfléchir, il posa une main dans son dos, l'autre sur sa nuque, et l'attira à lui. Il l'attira plus près encore et, sans perdre une seconde, happa ses lèvres qui formaient un « oh » silencieux de surprise.

Il fouilla sa bouche, mordilla ses lèvres, les dévora.

Kat poussait de petits gémissements de plaisir. Se hissant sur la pointe des pieds, cambrée, elle empoigna la chemise de Zach et la froissa entre ses doigts. Elle se serra contre lui pour le sentir dur contre elle.

C'était trop bon… Elle le voulait, elle voulait plus, elle voulait tout.

Elle le sentit frissonner, trembler des pieds à la tête…

Et ce fut tout. Sans comprendre pourquoi ni comment, elle se retrouva debout devant Zach, non plus serrée contre lui mais loin de lui, comme s'il l'avait repoussée, et il la fixait, l'air égaré. Elle se demanda s'il la voyait vraiment, tant son regard était flou et étrange.

— Eh bien, dit-elle, reprenant ses esprits. Qu'est-ce que ça signifie ?

Elle avait parlé d'une voix bizarre qu'elle ne reconnaissait pas comme la sienne. C'était pourtant bien elle qui avait parlé.

— Est-ce que l'inconnu qui vous attend là vous fait toujours aussi peur ? répliqua-t-il

Il respirait fort mais semblait très à l'aise, comparé à elle qui se débattait intérieurement dans un chaos indescriptible.

Ne comprenant pas où il voulait en venir, elle répondit par une question toute simple :

— Pourquoi m'avez-vous embrassée ?

Il épousseta une poussière imaginaire sur le revers de sa veste – preuve qu'il n'était pas tellement détendu – et répondit avec une certaine suffisance :

— Je… J'avais envie de savoir quel goût vous aviez.

Cette phrase stupide, qui lui avait sûrement échappé, la fit rougir de plaisir.

Il avait eu envie de savoir…

Qu'il ne s'avise pas de recommencer. Ou alors, qu'il ne s'arrête pas !

9.

Ayant encore à l'esprit la douceur des quelques instants où il avait tenu Katina dans ses bras, Zach se passa la main dans les cheveux et lissa sa chemise.

— Oh ! mon Dieu ! s'exclama-t-elle, rougissante. On va être en retard.

— Vous avez le droit. Vous êtes l'invitée d'honneur.

La passion qu'il avait devinée en elle très vite après avoir fait sa connaissance avait pris vie dès qu'il l'avait touchée.

Kat, c'était évident, pouvait devenir la drogue de choix d'un homme, aussi longtemps qu'il serait prêt à la partager avec les bonnes causes qu'elle portait.

Theos ! Il n'enviait vraiment pas cet homme.

Elle devait avoir de solides principes. Pour elle, faire l'amour était certainement une chose sérieuse, pas un exercice pour se faire du bien. Cela devait dégouliner de sentiments. Mais beaucoup devaient être prêts à accepter ces conditions pour coucher avec elle.

Soucieux de ne pas laisser paraître ses pensées, il continua de marcher à côté d'elle sans la toucher.

— Nous sommes presque arrivés. Vous verrez, ça va bien se passer.

Elle redressa la tête avec un petit rire contraint.

— Vous êtes sûr ?

— Faites semblant d'être heureuse, dit-il, s'efforçant de ne pas fixer sa bouche. Soyez vous-même.

Quel imbécile ! Comment voulait-il qu'elle soit elle-même ou simplement naturelle, normale, après avoir été embrassée par surprise et avec cette force ?

Elle pouffa de plus belle.

— Je ne pensais pas vous entendre dire cela un jour !

— Et pourquoi donc ? demanda-t-il, étonné.

— Parce que j'ai l'impression que quand je suis moi, je vous agace un maximum. Surtout ce soir. Peut-être même ne m'avez-vous embrassée que pour me faire taire, avouez !

Theos ! Elle ne comprenait donc pas qu'il la désirait à en mourir.

Il s'arrêta devant la porte d'où parvenaient des bruits de voix et de la musique, et la regarda.

— Ce n'est pas vous que je trouve…

— Agaçante ?

— Ce n'est pas vraiment le mot, dit-il. C'est la situation que je trouve extrêmement agaçante, Katina.

— Je ne vois pas ce que vous voulez dire, répliqua-t-elle.

— Vous en êtes sûre ? insista-t-il, un sourire incrédule au coin des lèvres.

Mécontente et excitée à la fois par l'attitude ambiguë de Zach et par l'éclat de son regard, Kat se détourna.

— Katina ?

Elle ne put faire autrement que de le regarder.

Ses yeux noirs brillaient comme de l'obsidienne. Il était très excitant.

Elle se passa la langue sur ses lèvres sèches qui appelaient la moiteur de la bouche de cet homme.

Autant ne pas se faire d'illusions, se dit-elle. *Ce n'était qu'un baiser, rien de plus.*

Sans même s'en rendre compte, elle soupira.

— Bien, allons-y. Débarrassons-nous de cette corvée.

Il allait certainement attirer tous les regards sur lui. Tant mieux. Il était tellement célèbre. Et chic.

Zach opina et lui prit le bras pour entrer.

— Le show commence, Katina, lui murmura-t-il tout bas.

Dès leurs premiers pas dans le salon, les apartés cessèrent, et toutes les têtes se tournèrent vers eux.

Zach entendit Katina lui chuchoter quelque chose, la sentit lâcher son bras puis la vit, la tête haute, s'éloigner de lui.

Stupéfait, se débattant dans un courant d'émotions contradictoires, il l'observa.

Elle crânait. Très à l'aise apparemment, elle se frayait un chemin au milieu des invités. Elle était incroyable. Il connaissait, lui, sa fragilité mais aucun invité ne pouvait la soupçonner, tant elle semblait sûre d'elle.

Surpris par son aisance, il continua de la suivre du regard.

Elle se dirigea vers un homme seul un peu à l'écart d'un groupe qui riait fort. Souriante, elle s'approcha de la gouvernante, qui lui glissa quelques mots à l'oreille. Elle releva alors la tête, sourit à l'homme solitaire à qui Séléné présentait un verre et alla vers lui.

Dans son coin, Zach affichait un air faussement décontracté. Admiratif, fier d'elle, même, il ne la quittait pas des yeux. Il était seul lui aussi. Les serveurs ne l'approchaient pas. Un peu d'alcool ne lui aurait pas fait de mal, pourtant…

Un garçon finit par s'approcher de lui avec un plateau. Zach prit un verre et but d'un trait, trahissant par ce geste son impatience.

Kat ne faisait pas attention à lui, elle allait de l'un à l'autre, d'un groupe à un autre. Elle l'ignorait. Agacé par son attitude envers lui, il faillit aller la rejoindre et lui rappeler qu'il existait, que cette soirée n'avait aucun sens, que ce que tous ces gens pensaient importait peu.

Quelle mouche avait piqué Alekis pour qu'il décide d'imposer ces simagrées à sa petite-fille ? Et pourquoi lui-même était-il entré dans son jeu ? Cet examen de passage était absurde. Indigne. Si quelqu'un devait changer, c'étaient ces gens, pas elle.

Ça va, se dit-il. *Du calme. Elle s'en sort très bien.*

Bien mieux que lui, qui pestait intérieurement contre tout. Alekis, ces gens, elle… Et contre les sentiments nouveaux pour lui qui se télescopaient dans sa tête.

Il porta son verre vide à ses lèvres et fit la grimace.

Il brûlait d'envie de revivre l'instant où… Mais à quoi bon dépenser inutilement son énergie ? Leur baiser, même s'il n'avait pas été fabuleux, avait momentanément apaisé le désir qui le taraudait.

N'empêche, il continuait de la suivre des yeux.

Elle bavardait maintenant avec un diplomate qui était visiblement sous le charme. Il tenait une coupe de champagne dans une main et lui tendait le jus de fruits qu'elle lui avait sans doute demandé. Il nota qu'elle appuyait les doigts sur sa tempe gauche, un geste qu'il lui avait vu faire plusieurs fois depuis qu'ils étaient entrés. Le diplomate se pencha vers elle et lui dit quelque chose qui la fit rire, un rire tellement charmant et sincère que les personnes autour d'eux sourirent. Même lui.

Du coin de l'œil, il vit alors deux personnes quitter un groupe pour s'approcher de Kat et du diplomate. L'un était un journaliste qu'il n'appréciait pas particulièrement, l'autre… Tiens ! C'était Spiro Mithridates, son rival qui avait fait de mauvaises affaires et qui en voulait à la terre entière. Humilié par les lourdes pertes financières qu'il avait subies, il avait aggravé son cas en accordant des interviews malheureuses qui avaient nui à sa réputation encore plus sûrement que le cours négatif des actions en Bourse de sa société.

Zach commença à louvoyer au milieu des invités sans s'interroger sur les raisons qui le poussaient vers Kat et ses admirateurs.

Même sans la mise en garde de Zach, Kat avait cerné Spiro Mithridates qu'elle avait tout de suite reconnu d'après la photo. Elle l'avait déjà croisé. Il riait beaucoup, mais pas avec les yeux, et il essayait de dire exactement ce qu'il pensait que son interlocuteur voulait entendre.

— Oh oui ! je suis d'accord ! Ce sont des talents que l'on risque de sacrifier. Ce n'est pas de la charité, c'est un investissement sur l'avenir, sur notre avenir. Et la jeunesse est notre avenir.

L'homme parlait comme s'il lisait une étiquette sur un paquet de biscuits secs.

Kat opina, la main sur sa tempe gauche comme pour empêcher le sang de cogner derrière son œil. Elle savait par expérience que si elle ne parvenait pas à arrêter assez tôt ce mal de tête, il se transformerait en migraine avec son cortège de désagréments. Et ce n'était pas le moment.

— Tout le monde ne comprend pas cela, hélas ! dit-elle. Désolée, monsieur…

— Appelez-moi Spiro.

— Désolée, Spiro.

L'homme se détourna lentement et plaqua un sourire sur son visage.

— Ça alors ! Zach, quelle surprise ! Je ne pensais pas vous trouver ici.

Il sourit à Kat et au journaliste, et tendit la main à Zach qui leva les siennes, un verre dans l'une, une assiette dans l'autre, avec un sourire qui ressemblait à un rictus.

— Où est votre charmante épouse ? demanda-t-il. Elle ne vous a pas accompagné ?

L'allusion à la femme avec laquelle ils avaient couché tous les deux fit grimper la tension de Kat de trois points.

Son œil commença à lui faire vraiment mal. Si elle devait avoir une migraine chaque fois qu'on évoquerait devant elle une des femmes que Zach avait mises dans son lit, elle passerait sa vie avec la migraine.

— Non, elle avait une obligation.

— C'est dommage, murmura Zach. Bien, messieurs,

j'espère que vous ne m'en voudrez pas, mais je vais vous enlever notre délicieuse hôtesse.

Il mit la main dans le dos de Kat.

— Venez, je dois vous présenter quelqu'un qui meurt d'envie de vous connaître.

— Ah ? Qui est-ce ?

Elle sentait sa main sur sa peau nue, car il l'avait posée au milieu du décolleté plongeant de sa robe. Elle était tiède et douce sur son dos comme une caresse.

— Vous avez mal à la tête ? dit-il sans la regarder.

Elle se tourna vers lui.

— Comment le… ?

— Une idée comme ça, répondit-il.

Elle se prit le talon dans le bas de sa robe et trébucha.

— Attention, dit-il la retenant par le bras.

— Qu'est-ce que vous…

Apercevant Séléné, elle se tut.

— Séléné, Katina a mal à la tête. Je sors avec elle. Il faut qu'elle prenne l'air.

— Mais non ! Qu'est-ce que vous faites ? C'est mon… Je dois rester. Si vous avez de l'aspirine, Séléné, ce sera parfait. Merci.

— C'est ridicule. Vous avez failli tomber, voyons ! protesta-t-il.

— J'ai trébuché, c'est tout. Ce sont ces fichus talons, et vous n'avez rien à dire, c'est vous qui les avez achetés.

— Je ne dis rien. Tenez, avalez donc les cachets que Séléné vous tend.

Elle prit un verre de vin et les avala tout rond.

— Tiens donc ! Je croyais que vous ne buviez pas.

— J'en avais plein la bouche, vous ne vouliez pas que je les crache !

Elle prit son souffle et se massa la tempe.

— Ça ne passe pas.

— Je vous dis qu'il vous faut de l'air frais.

Exaspérée par son insistance, elle lui lança un regard noir.

— Et moi, je vous dis qu'il faut que je reste.

— Ils attendront.

— Il faudrait savoir. Vous m'avez dit que ce cocktail était ultra-important. Qu'on avait besoin de moi pour détourner l'attention, et je ne sais quoi encore.

— Votre mal de tête vous met à cran. Venez prendre l'air, cela vous fera du bien.

Elle soupira.

C'était très facile de se laisser convaincre. L'idée d'échapper un moment à cette corvée était séduisante à plus d'un titre.

Le groupe de musiciens, qui commençait à jouer très fort un morceau de son répertoire, enleva sa décision.

Zach ne parla plus avant d'être dehors.

— Vous avez donc bavardé avec Spiro.

La tête rejetée en arrière, Katina inspira profondément l'air de la nuit, doux et délicieusement parfumé.

— Vous lui trouvez du charme ?

Malicieuse, elle éclata de rire.

— Je le verrais bien en charmeur de serpents.

— Méfiez-vous de ne pas le sous-estimer.

Elle descendit à son côté la pelouse qui partait en pente douce vers la plage. Le vent de la mer taquinait son chignon, dont s'étaient échappées quelques mèches qui lui chatouillaient la figure. Elle avait beau essayer de les coincer derrière ses oreilles, la brise s'ingéniait à les en déloger.

— Il est mauvais joueur. Il n'aime pas perdre, et comme souvent avec les mauvais perdants, il se venge.

Elle tourna la tête vers lui.

— Ah ? Que vous a-t-il fait ?

— Il a essayé de saboter un… Un truc auquel je tiens beaucoup.

Il lui avait fallu un certain temps pour faire taire les

rumeurs qui circulaient sur les réseaux sociaux. Des histoires d'abus sur enfants et de brutalités à l'encontre d'ados, totalement inventées, qui mettaient en cause un membre du personnel dévoué corps et âme à la fondation que Zach finançait, ce que peu de personnes savaient.

Il n'avait pas fallu plus de cinq heures à une société spécialisée dans les enquêtes judiciaires pour découvrir que c'était ce rival malheureux qui tirait les ficelles.

La crainte d'un procès avait fait taire l'odieuse calomnie.

Zach avait expliqué qu'il n'aurait pas à user de mensonges pour mettre Spiro à genoux, qu'il avait en sa possession des documents suffisants pour faire jeter ce mauvais génie en prison. C'était du bluff, c'était évident. Mais un homme comme Spiro Mithridates avait fatalement de méchants petits secrets.

— Vous voulez parler de votre action pour les enfants déshérités.

Il s'arrêta brusquement et dévisagea Katina.

— Bon Dieu ! Comment savez-vous ça ?

Elle s'était retournée et marchait maintenant à reculons sur ses talons hauts.

— Quoi ? Que vous donnez dans les bonnes œuvres ?

Voyant sa mine, elle éclata de rire.

— Je parle aux gens, moi. Ils me racontent ce qu'ils veulent. C'est un don.

Il jura.

— Je ne vois vraiment pas pourquoi vous vous en cachez. On dirait que c'est honteux. Moi, je trouve que c'est fantastique !

— Qu'est-ce que vous racontez ? Vous ne savez rien de moi… De ce que j'ai…

Katina redevint grave.

— Si. Je sais que vous avez vécu dans la rue et que vous vous en êtes sorti.

Elle savait qu'il avait dû apprendre à se protéger, mais

il n'avait jamais appris à cesser de se méfier des autres. Ce n'était sans doute pas qu'il ne le veuille pas mais il devait en être incapable. L'ouverture aux autres et la confiance n'étaient pas entrées dans sa culture.

— Séléné ? C'est elle qui vous l'a dit ?

— Il ne faut pas lui en vouloir. Elle pensait que je le savais déjà. C'était votre oncle que vous fuyiez, celui qui est mort ?

Il fit oui de la tête.

— Vous n'êtes jamais retourné là-bas ?

Il répondit d'une voix volontairement dénuée d'émotion.

— Je suis retourné pour chercher… je ne sais pas quoi. Si, peut-être pour boucler la boucle. Il n'était plus là. Mort, je l'ai su plus tard, et ma grand-mère… sénile, stade terminal.

Katina laissa échapper une petite plainte, comme si son chagrin était aussi le sien. Comme si elle le partageait vraiment.

Elle vacilla sur ses stilettos et revint près de lui.

— Et alors ? Qu'avez-vous fait ?

— Rien. Je l'ai mise dans une maison pour personnes âgées, et je n'y suis pas retourné depuis.

— On s'occupe bien d'elle, j'imagine.

Cela en disait long sur lui. Il avait fait ce qu'il fallait pour assurer à cette femme, si dure avec lui quand il était enfant, une fin de vie digne et entourée de soins. Mais côté tendresse ou respect, il n'éprouvait rien pour elle.

Katina lui prit timidement la main et serra trois de ses doigts.

— C'est triste, laissa-t-elle tomber.

— Je me doute que vous pensez que j'aurais dû pardonner…

— Non, je trouve que vous devriez célébrer tous les ans le jour où vous êtes parti. Je peux vous aider, si vous voulez.

Surpris par sa réponse, il la regarda.

La lune qui sortait d'un nuage éclairait son visage comme en plein jour, répandant sur le grain fin de sa peau comme une poussière d'or.

Theos ! Qu'elle était belle.

10.

Zach dévisagea Kat puis, comme émerveillé, prit son visage dans ses mains.

Se faisant chatte, elle frotta les joues puis les lèvres dans ses paumes, se délectant de leur chaleur.

Mais brusquement, il la lâcha.

— Comment m'aiderez-vous ?

Prise de court, elle toussota.

— Heu… je ferai tout ce que vous voudrez.

— Non, Katina. Surtout, ne dites pas ça.

Elle pointa le menton crânement.

— Pourquoi pas ?

— Parce que je veux tout.

L'air sembla se raréfier. La main sur la poitrine, elle commença à manquer d'oxygène.

Zach pencha alors la tête vers elle et l'embrassa.

Elle n'hésita pas. Brûlante de désir, elle lui rendit son baiser avec la même ferveur. S'enhardissant, emportée par son élan, elle noua les mains autour du cou de Zach et se serra contre lui, poitrine contre poitrine, hanches contre hanches. Le sentant dur contre elle, elle ondula, se frotta pour le sentir mieux encore, poussant de petits miaulements de plaisir. C'était bon, elle aimait ça.

Surpris par le bruit du rotor d'un hélicoptère qui survolait l'île, ils s'écartèrent l'un de l'autre. Zach jura. Prenant la main de Kat dans la sienne, il l'entraîna vers la plage.

Trop vite. Elle se tordit le pied.

— Vous allez vous casser le cou avec ces machins ! dit-il. C'est mortel.

— Peut-être, mais c'est sexy.

Il la regarda, étonné, les yeux agrandis de désir.

— Ça oui, approuva-t-il.

La lune répandait une lumière dorée sur le sable et la mer. Tout n'était que silence mis à part le son des vaguelettes qui déroulaient leur dentelle d'écume blanche sur le rivage. Il n'y avait plus de vent, que la tranquillité de la nuit.

Passant d'un pied sur l'autre, Kat ôta ses escarpins et s'avança avec Zach près de l'eau. Son cœur battait très fort, elle respirait mal, mais ne voulait surtout pas qu'il le voie.

— J'adore ! dit-elle. C'est tellement beau ici.

Il reprit son visage dans ses mains et défit son chignon. Un souffle soudain fit voler ses cheveux sur son dos. Zach en prit quelques mèches et les laissa glisser, soyeuses, entre ses doigts.

— J'ai tellement envie de te toucher, dit-il.

Il ferma les yeux comme pour tenter de se calmer. Et les rouvrit aussi vite. Ils brillaient, fiévreux, ne laissant planer aucun doute sur l'intention qui l'animait.

Troublée par son regard, le cœur battant si fort qu'elle n'entendait plus que lui, elle ne pouvait plus ni parler ni penser.

— Il ne faut pas, Kat. Ce n'est pas une bonne idée, murmura-t-il, se passant la main dans les cheveux.

— On est allés trop loin, maintenant, répliqua-t-elle à mi-voix.

Trop loin pour retourner avec les invités. Trop loin pour ne pas poursuivre…

Elle ne précisa pas. Subjuguée, elle dévisageait l'homme qui se trouvait debout devant elle sous la lune, beau comme un dieu et si viril avec sa chemise ouverte découvrant un duvet fin sous lequel elle devinait des muscles bombés, polis et luisants comme des galets… Avec ses cheveux noirs en broussaille, sa mâchoire affirmée et ses joues bleuies par une barbe naissante.

— Tu sais que tu n'es pas si mal, dit-elle, surprise par son audace.

— *Agape mou !*

Il plongea son regard dans le sien, et elle y vit tellement d'ardeur que, oubliant ses résolutions les plus fermes, elle céda à la tentation et se lova contre lui.

Ils tombèrent sur le sable, ensemble, l'un contre l'autre, cuisse contre cuisse. Zach bougea le premier. Il allongea le bras pour lui caresser la joue puis, soutenant son regard, happa sa bouche.

Elle ferma les yeux et se laissa faire, savourant le goût de ses lèvres, inspirant le parfum de son corps mêlé à l'odeur salée de la mer, se délectant du contact de ses doigts sur elle.

— Hum…, gémit-elle.

Zach se mit à genoux et la redressa pour défaire la fermeture Éclair de sa robe. Un souffle d'air tiède effleura ses seins, et elle comprit qu'il les avait dégagés de leur balconnet de dentelle. La caresse de sa main sur sa poitrine lui arracha un petit cri.

Alors, tout se précipita.

Pris de frénésie, ils se déshabillèrent l'un l'autre, se touchant, se palpant, se pétrissant, essayant de ne pas rompre le contact de leurs bouches affamées.

Elle n'avait jamais connu pareille folie, jamais pensé que l'on puisse désirer autant le corps d'un quasi-inconnu.

Les yeux fermés, elle se sentit vibrer quand il prit ses mamelons l'un après l'autre dans sa bouche et les suçota. Folle de désir, elle se tendit, se cambra. Pour prolonger la magie de ce moment érotique, elle plongea la main dans ses cheveux et lui maintint le visage contre sa poitrine.

Quand il releva la tête, elle tremblait de tous ses membres et le supplia du regard.

Zach ne dit rien. Il se pencha de nouveau sur elle, déposa un chapelet de baisers le long de son cou et, tenant un de ses seins dans sa main, prit sa bouche.

— C'est de la soie, murmura-t-il sur ses lèvres entrouvertes.

— J'ai envie de toi, de te sentir, de te toucher, répondit-elle de même, en glissant les doigts dans sa chemise entrouverte.

Il reprit sa bouche, la fouilla tout en pétrissant ses seins. C'était fantastique, indicible. Elle adorait ce corps-à-corps érotique, passionné, électrique.

Zach sentit les doigts de Katina sur sa cicatrice. Pas celle qu'avait laissée le coup de couteau qu'il avait reçu dans la rue, mais celle de l'opération à cœur ouvert, quand on lui avait ouvert la cage thoracique dans l'espoir de le sauver.

Il releva la tête et, la regardant dans les yeux, ôta sa chemise, lui laissant voir le grand trait blanc qui barrait sa poitrine de haut en bas.

— Oh ? Qu'est-ce…

Il ne la laissa pas poursuivre. Il la plaqua sur le sable et l'écrasa sous son poids, impatient de lui faire ressentir la violence de son désir, de plonger en elle de tout son long, dur et lisse, de la sentir tiède et mouillée se resserrer autour de lui, et de libérer en elle le fruit de leur plaisir.

— Tu ne t'imagines pas à quel point j'ai envie de toi, lui murmura-t-il. J'ai eu envie de toi dès que je t'ai vue.

Dégageant les bras, elle empoigna ses épaules, les pétrit, les griffa.

— Moi aussi, dit-elle. Si tu savais…

Il roula sur le côté et défit son pantalon qui glissa le long de ses jambes. Il était beau et très excité.

Il se rapprocha d'elle, lui enleva ses vêtements, sa robe qui s'était relevée sur ses cuisses et le mini-triangle de dentelle de sa culotte.

Sans un soupçon de pudeur, elle prit son sexe dans sa main et le caressa.

Jamais de sa vie Kat n'avait caressé chose aussi veloutée, à la fois dure et tendre sous ses doigts.

Zach se mit à trembler, à gémir. Il se cambra.

Subjuguée par l'effet que lui faisaient ses caresses, elle titilla du plat du pouce le petit bout de cette merveille, à la texture fondante et onctueuse, qui donnait tant de plaisir à Zach et semblait en même temps le faire souffrir.

— Arrête, la supplia-t-il, se tordant sous le délicieux supplice qu'elle lui infligeait. Arrête.

Il lui prit les mains et, la poussant sur le dos, tomba sur elle.

Elle le sentait palpiter en haut de ses cuisses, des ondes la parcouraient, son sang affluait sous sa peau tandis que ses mains dessinaient sur elle des caresses affolantes.

Chavirée par le désir, dans un chaos indescriptible, elle ondula sous lui. Une onde nerveuse parcourut le dos de Zach, et il frissonna, s'agita. Elle sentit ses hanches tanguer sur elle, l'entendit feuler. Il se redressa brusquement, lui écarta les jambes, empoigna ses hanches et, d'un coup de reins, s'enfonça en elle, lui arrachant un cri.

Elle ferma les yeux. Se cambra, hurla son plaisir.

C'était le paradis. C'était comme si plus rien n'existait autour d'eux et du nuage d'exquise sensualité qui les entourait. Rien que le son du ressac et le poids de la lave brûlante que, n'y tenant plus, il venait de déverser en elle.

— Je veux t'avoir comme ça tous les jours, grogna-t-il, la bouche collée à sa peau en sueur.

Elle serait bien restée comme ça des heures, des jours, sentant le poids de son corps sur elle et cette pression à l'intérieur d'elle. Cela ne l'aurait pas gênée qu'il s'endorme là, sur la plage, et qu'il demeure inerte jusqu'au matin.

— Oh ! Zach, murmura-t-elle, les larmes aux yeux. Je… Tu…

Il roula sur le côté.

— Pardon, dit-il.

Et ils se turent.

Hors d'haleine, pantelants, ils reprirent lentement leurs esprits.

Zach était anéanti. Il rouvrit les yeux, chercha la main de Katina, l'embrassa, la serra contre lui, puis referma les yeux et réfléchit.

Ce qu'il redoutait par-dessus tout s'était produit. Alors qu'il la connaissait à peine, elle avait fait sauter les barrières derrière lesquelles il se protégeait et avait pris une place immense dans sa vie. Si elle était déjà si importante, que serait-ce à l'avenir, s'il laissait les sentiments supplanter sa raison ?

Il devait mettre un terme à ce débordement. De toute urgence. Pour éviter qu'ils souffrent tous les deux quand cette aventure prendrait fin. Il ne restait qu'une chose à faire : couper court avant qu'elle s'imagine avec la bague au doigt et une nuée d'enfants.

Quand Alekis connaîtrait les dessous de l'affaire, il ne serait sûrement pas content…

Il n'empêche, ce qu'ils venaient de partager avait confirmé ce qu'il redoutait depuis le début de leur rencontre : leur attirance était non seulement physique mais…

Pourtant, il n'y aurait pas d'après. Il n'était pas fou, cela ne se répéterait pas.

Personne n'avait jamais été là pour lui, et il n'avait jamais été là pour personne. Un défaut qu'il portait dans ses gènes ou quelque chose qu'il n'avait jamais appris ? Aucune importance, c'était un fait.

Katina avait passé une jambe en travers de ses cuisses et lui caressait amoureusement la poitrine. Elle était généreuse, c'était une femme qui donnait. Lui, il prenait. Mais il n'avait ni la volonté ni le courage de l'arrêter. C'était tellement bon, il voulait que cela dure.

Elle gigota un peu, bougea la jambe sur sa cuisse poilue.

Quel contraste entre leurs deux corps ! La princesse et l'homme des bois… N'empêche, tous deux, ensemble, ils avaient formé un tout. Impeccable. Complet. L'harmonie parfaite.

Sentant ses doigts courir sur lui, il fit semblant de dormir.

Il savait que cela arriverait, qu'elle découvrirait à un moment ou à un autre ses cicatrices.

Par chance, le poignard avait ripé sur ses côtes, il n'avait pas pénétré. Mais, sous le choc, ce qu'il y avait dessous avait cogné, souffert, des artères avaient été touchées.

Ils étaient peu nombreux à connaître la vérité sur ses cicatrices. Alekis, Séléné et bien sûr les chirurgiens qui l'avaient soigné. Des héros. Il cédait parfois à la curiosité morbide de ses partenaires d'une nuit en leur faisant de pieux mensonges qui l'amusaient lui-même, certain que, en réalité, elles se fichaient comme d'une guigne de ses malheurs, du traumatisme qu'il avait subi ou de la brutalité de Dimitri, l'oncle qui lui avait fait voir trente-six chandelles.

Avec Katina, c'était différent. Sa curiosité à elle n'était pas morbide. Elle était dans l'empathie, elle compatissait sincèrement et éprouvait même de la pitié pour lui, des sentiments qui déclenchaient inévitablement chez lui une réaction allergique.

Kat regarda Zach.

Apparemment il dormait, sa respiration était régulière,

et sa poitrine se soulevait et descendait calmement. Quant au reste de son corps…

Assaillie par un sursaut de pudeur, elle osa à peine regarder plus bas et se sentit rougir au souvenir du plaisir qu'elle avait pris sous lui.

Il avait un corps sublime. Seule imperfection, si tant est qu'on puisse appeler cela une imperfection, l'immense cicatrice sur sa poitrine.

Elle savait que cette aventure ne les mènerait nulle part, car il ne pensait pas au lendemain en amour, tandis qu'elle l'envisageait tout de suite.

Elle vit son visage se crisper.

— Qu'y a-t-il ? demanda-t-elle, anxieuse de sa réponse.

— Je suis désolé. Je ne t'ai pas protégée. La seule fois de ma vie.

Elle ne comprit pas tout de suite, puis elle sourit.

— On a fait une bêtise. C'est humain et, en tant que tel, pardonnable. J'aurais dû y penser moi aussi. Je suis aussi responsable que toi.

Il ferma les yeux et hocha la tête.

— C'est gentil de dire ça.

Oui, elle était gentille… trop gentille, d'une indulgence coupable. La vérité, c'est qu'elle s'était offerte sans retenue et sans frein, et que lui avait pris puisqu'elle donnait. Égoïstement. En homme, tout simplement.

Elle caressa la cicatrice blanche qui divisait en deux sa poitrine bronzée.

— Que t'est-il arrivé ?

La vue de cette cicatrice et de ce qu'elle représentait comme souffrance lui faisait mal.

Il enleva sa main comme si elle était infectée.

— La malchance. J'ai été au mauvais endroit au mauvais moment.

S'étonnant qu'il n'en dise pas plus, elle insista.

— C'est tout ? Communiquer, partager, tu connais ?

Tu ferais bien de suivre une formation, ajouta-t-elle en riant.

Son regard, glacial la déstabilisa. Elle attrapa sa robe et tenta de se rhabiller, mais elle ne parvenait pas à remonter la fermeture Éclair dans son dos.

— Pourquoi parles-tu de partager, Katina ? Je sais, nous avons fait l'amour. Si tu as pu penser que c'était le début d'une vraie relation, j'en suis désolé. Maintenant, si tu veux tout savoir, mes cicatrices disent pourquoi je suis ce que je suis. J'étais au mauvais endroit, et Alekis aussi.

— Tu l'as sauvé.

— Ne me regarde pas comme cela, Kat. Je ne suis pas un héros. Je déteste les brutes, et je n'ai pas réfléchi avant d'agir… Un peu comme ce soir.

Pourquoi parlait-il sur ce ton-là ? Pourquoi cherchait-il à la heurter ?

— On dirait que tu regrettes.

Elle lui laissa du temps pour répondre, mais il ne dit rien et regarda ailleurs, comme si croiser son regard le dérangeait.

— Ça a été une bêtise, c'est tout.

Elle ne dit rien, de peur de se mettre à pleurer si elle commençait à parler.

— Alekis m'a fait confiance. J'ai trahi cette confiance. J'ai trahi un homme que je respecte. Je m'en veux. Voilà !

Elle secoua la tête, outrée.

— Pourquoi veux-tu que je me soucie de ce que pense Alekis ? Et moi, alors ? Je ne mérite pas un peu d'attention aussi ?

— Ah non ! Pas de ça, s'il te plaît. Pas de sentiments !

— Comment cela, pas de sentiments ? On vient de faire l'amour !

— Non, on ne vient pas de faire l'amour, juste des galipettes. Et ne va surtout pas t'imaginer que c'est le début d'une longue histoire d'amour !

Cette réponse la révulsa. Elle frissonna.

Zach se leva, passa ses vêtements puis tendit à Kat une main qu'elle ne prit pas.

— Je sais ce que tu veux : l'amour toujours avec un mari et plein de gosses. C'est sûrement très bien, mais non merci, pas pour moi. Et si j'avais su que tu n'avais jamais… que tu n'avais pas d'expérience, j'aurais…

Pris d'un subit accès de franchise, il s'arrêta.

S'il avait su, il aurait fait *exactement* ce qu'il avait fait. Il ne se serait pas arrêté. Rien ne l'aurait arrêté.

Il la vit relever crânement la tête.

— Je t'ai écouté, Zach, maintenant tu m'écoutes. Ne me range pas dans un de tes petits compartiments et ne dis pas ce que je souhaite, car tu ne le sais pas. Tu veux que je te dise ? Je ne pense vraiment pas que c'est moi qui ai un problème. Contrairement à ce que tu te figures, je ne pensais pas que tu allais me déclarer un amour éternel. Je voulais juste un peu de… Comment dire, j'aurais aimé que tu me respectes. Mais non, il faut que tu gâches tout en disant des choses nulles, minables, parce que tu as peur de ressentir quelque chose qui t'échapperait, que tu ne contrôlerais pas.

Il grinça des dents, n'essayant même pas cacher sa colère.

— Je te fais grâce de tes commentaires, tu m'entends ?

— Tu sais ce que je pense ? reprit-elle, indifférente à sa protestation. Tu n'auras pas d'avenir tant que tu n'auras pas réglé ton contentieux avec ton passé et que tu le laisseras régenter ta vie.

— C'est toi qui parles à ma place, maintenant ! ironisa-t-il.

Haussant les épaules, elle prit ses affaires sans un regard pour lui, et, pieds nus dans le sable encore tiède, repartit vers la maison toujours très éclairée.

Taraudé par son désir d'elle en dépit de tout, il la regarda s'éloigner, la mort dans l'âme, sa semi-nudité et le balancement suggestif de ses hanches décuplant son excitation.

Décidément, n'était pas fait pour le bonheur…

Planté dans le sable, il la regardait partir, quand elle se retourna brusquement.

— Zach ! appela-t-elle. Tu sais qu'il n'y a pas que toi à avoir un problème de confiance. Tu m'as fait remarquer que je n'étais pas expérimentée. À ton avis, pourquoi ? Juste pour info, j'étais vierge, et assez bête pour croire que j'avais trouvé quelqu'un de solide. Mais tu sais quoi ? Je préfère être moi et m'être trompée, que toi qui passes ton temps à vouloir faire croire que tu ne ressens rien…

Dans l'obscurité, elle chercha son regard.

— Je vais te dire ce que je pense : tu te mens. Je ne te crois pas une seconde quand tu dis que tu ne fais pas l'amour mais des galipettes. Parce que, tout à l'heure, quand tu m'as fait l'amour, je sais que tu m'aimais.

Sur ces mots, elle se retourna et repartit pour de bon, le laissant interdit.

11.

— Alors, ça s'est bien passé ?

Voyant la mine de Kat, Séléné changea de tête.

— Mon Dieu ! Ça n'a pas bien été ?

Kat posa son sac sur la table et se tourna vers la gouvernante. Pas vraiment d'humeur à raconter sa soirée, elle hocha la tête.

— Les médecins sont satisfaits de ses progrès. S'il continue comme ça, ils le laisseront bientôt sortir. La semaine qui vient, sans doute. Il faut quand même attendre le résultat des prochaines analyses.

Kat rendait visite une fois par semaine à son grand-père, dans une clinique d'Athènes, mais ils communiquaient tous les jours par mail. Cette fois-ci, elle avait tenu à rencontrer un des spécialistes pour en avoir le cœur net.

— Tout le monde est plus détendu.

— Il doit être content à l'idée de rentrer.

— Non, il est fou furieux de ne pas pouvoir être avec moi pour la vente de charité.

— Pas grave, il y en aura une autre l'année prochaine.

— C'est ce que je lui ai dit mais il… Ah oui ! Merci pour le thé, je veux bien, dit-elle à l'adresse de la domestique qui entrait avec un plateau dans les mains.

— C'est tout ?

— Il dit que puisqu'il a offert une voiture de sport pour la vente aux enchères, il doit être là. Ou, en tout cas, un Azaria. Mais, bon… Enfin, il a encore réussi à embobiner quelqu'un.

Elle haussa les épaules.

Elle avait découvert qu'il était difficile de discuter avec Alekis, qu'il n'aimait pas qu'on lui tienne tête. Avec le risque d'une nouvelle crise cardiaque, personne ne s'aventurait à le contrarier. Sûrement pas elle, en tout cas.

— Prenez donc le thé avec moi, dit Kat à Séléné.

Souriante, la gouvernante prit un fauteuil.

— Qui a-t-il embobiné comme ça ? On le connaît ?

— C'est Zach, lâcha Kat en haussant les épaules.

Séléné devait s'en douter, comme elle se doutait de ce qu'il s'était passé entre Zach et elle. Kat avait craqué quand Alekis avait annoncé qu'il déléguait Zach. Sous le coup de l'émotion, elle était partie s'enfermer aux toilettes et avait pleuré toutes les larmes de son corps. Et pas seulement pour cette raison, mais parce que ses hormones lui jouaient un tour… parce qu'elle était enceinte.

Elle avait des doutes depuis plusieurs jours, et aujourd'hui le médecin qu'elle avait consulté le lui avait confirmé.

Pour ne pas ébruiter l'affaire – l'île était toute petite –, elle avait demandé à Sue de lui poster un test de grossesse. Son amie avait accepté et lui avait promis de n'en rien dire à personne. Kat, elle, avait tout de suite su.

Trois semaines après le départ de Zach – une éternité ; allait-il seulement revenir ? –, elle savait de façon certaine qu'elle portait son enfant.

Le premier choc passé, pour ne pas dire la panique, elle avait accepté – quel choix avait-elle ? Puis, à sa propre surprise, elle en avait éprouvé une grande joie.

C'était excitant, non ?

Tirée à hue et à dia par des sentiments contradictoires, elle campait sur une certitude : cet enfant aurait une mère qui l'aimerait. Son bébé ne connaîtrait pas la solitude, l'abandon, la peur. Elle lui donnerait ce qu'elle n'avait pas eu, une vraie enfance.

En revanche, et c'était triste, il n'était pas certain qu'il ait un père. Un géniteur oui, mais… Et un arrière grand-père ?

À son avis, Alekis serait aux anges d'avoir un arrière-petit-enfant. Et s'il ne l'était pas, eh bien, elle ferait avec. Le bébé venait d'abord, et si d'autres personnes avaient un problème avec ça, tant pis pour elles !

C'était à propos de l'identité du père que son grand-père risquait de tiquer. Le père aussi, d'ailleurs. Elle avait passé la moitié de la nuit à essayer se demander quand et où elle l'annoncerait à Zach, et elle en était arrivée à la conclusion qu'il fallait qu'elle commence par se faire elle-même à cette idée avant de lui en parler.

Ça avait du sens.

Ou peut-être était-elle simplement lâche.

— C'est un événement important où se presse la crème de la crème, reprit la gouvernante.

— Mais Zach…, gémit Kat, en rage contre ses maudites hormones qui décuplaient son émotivité.

Le jour où Zach était parti, elle s'était réfugiée dans sa chambre, prétextant une migraine, et elle avait pleuré des heures entières. Quand elle avait refait surface, elle s'était avoué que Zach n'était pas seul à vivre dans le déni.

Admettre qu'elle avait eu envie de son corps n'avait pas été facile, mais reconnaître maintenant qu'elle était amoureuse de lui était encore plus compliqué. Elle qui se vantait de voir les choses en face, cette vérité-là, elle aurait préféré l'ignorer parce qu'elle lui faisait mal.

— Vous pourriez trouver une excuse…

Elle pointa le menton.

— M'excuser ? Pourquoi devrais-je m'excuser ?

Elle n'avait rien fait de mal, qu'elle sache !

En costume sombre chic, mais lassé d'attirer les regards et les *clics* des photographes, Zach recula dans l'ombre pour qu'on l'oublie, ou au moins qu'on le laisse tranquille.

Devant la maison, une limousine débarquait les chanteuses d'un groupe de rock. Les reporters devenaient nerveux, et lui-même se sentait de moins en moins patient.

Quelqu'un qui n'était pas Kat ni même Séléné avait décliné poliment la proposition qu'il avait faite d'accompagner Kat à Tackyntha. On le menait en bateau.

La surprise, c'était que rien n'avait filtré de ce qu'il s'était passé entre Kat et lui. Pour l'heure, Alekis semblait tout ignorer. Pour combien de temps encore ?

Les quinze derniers jours avaient été un enfer. Il n'avait jamais rien vécu de pareil. Normalement, en période de stress, il se noyait dans le travail jusqu'à ce que son énervement passe, mais pas cette fois-ci. Incapable de se concentrer, ce qui ne lui ressemblait pas, il n'avait avancé sur aucun dossier.

Son humeur plutôt égale d'habitude connaissait des hauts et des bas, il passait de la colère à la frustration pour finir par un désespoir noir. C'était fou, mais Kat lui manquait, pas seulement pour la bagatelle – encore que cela avait été incroyable —, mais pour des trucs idiots comme entendre sa voix, son rire, voir sa mimique quand elle retroussait le nez…

En fait, l'image de la petite-fille d'Alekis le hantait.

Pourtant, logiquement, on ne devait pas tomber amoureux comme ça, aussi vite ? La même logique lui soufflait que l'amour, avec le tralala romantique qui allait avec, n'existait que dans les romans sentimentaux. Il l'avait toujours cru, mais depuis que Katina était entrée dans sa vie, il n'avait plus de certitudes.

Et maintenant ?

Maintenant, il ne savait plus où il en était, et ce

qu'elle lui avait assené en le quittant tournait en boucle dans sa tête.

« Tu ne vivras pas tant que tu n'auras pas fait la paix avec ton passé », ou quelque chose d'approchant.

C'était lui qui avait un problème. Ce qu'elle lui avait dit le mettait encore en colère, mais dans le fond il se rendait compte qu'elle n'avait peut-être pas tort.

Il rejetait l'idée qu'il était un lâche qui avançait masqué, barricadé derrière son passé pour ne pas avoir à affronter l'avenir. Plus il y pensait, moins…

Ce soir allait lui donner l'occasion de reprendre contact avec elle. Il y avait peut-être un moyen terme.

Il se frotta la tête. Un moyen terme ? Il rêvait, ou quoi ?

Oui justement, il rêvait. De l'embrasser, de se vautrer dans sa tendresse et sa chaleur. Il n'avait cessé de le faire en pensée depuis qu'elle lui avait tourné le dos. Il s'était fait violence pour ne pas lui courir après. Il avait commencé à se demander ce qu'il se serait passé s'il l'avait fait.

Leur belle histoire aurait-elle survécu ? L'aurait-elle tué ?

Cette fois, trois limousines arrivaient à la fois.

Un demi-sourire aux lèvres, il fit quelques pas en avant.

La portière de la première voiture s'ouvrit sur une blonde platine explosive moulée dans un fourreau en lamé argent qui lui donnait mauvais genre. Juchée sur des talons vertigineux, elle tituba avant de se stabiliser, bouche de mérou rouge vif ouverte sur des dents carnassières pour la photo souvenir, même si son apparition et celle de son compagnon ne semblaient émouvoir ni intéresser personne.

— Il paraît que la petite héritière d'Alekis sera là ce soir. Je me demande si c'est une gourgandine comme sa mère.

— Ah bon ? dit l'homme.

— Évidemment. Tu ne le savais pas ? Une junkie, en

plus ! J'ai entendu dire que sa fille est comme elle. Alekis l'a dénichée dans une espèce de refuge pour femmes de mauvaise vie. Il paraît que, avant, elle vivait dans la rue.

La femme, dont la voix de tête était infiniment déplaisante, se trouvait maintenant au bas des marches du grand perron.

Zach, qui n'avait pas perdu une miette de la conversation, s'avança et s'arrêta devant les gardes de sécurité. La femme le détailla des pieds à la tête et lui décocha son sourire de femme fatale.

— Oh ! Zach, bonjour ! Quel plaisir de te revoir ! Chéri, c'est Zach !

Zach, qui ne se rappelait pas avoir un jour croisé ce couple, attendit qu'elle ait fini d'énumérer à son compagnon les occasions où ils s'étaient rencontrés.

— J'ai surpris votre conversation, dit-il. Et je ne suis sûrement pas le seul à avoir entendu vos commentaires sur Mlle Parvati. Je dois dire que ce que j'ai entendu ne m'a pas plu. N'importe qui, doté d'une once de bon sens, peut discerner le dépit et la méchanceté dans ce que vous colportez. Maintenant, je vous préviens, si j'entends ou lis un seul de ces mensonges dans la bouche de quelqu'un ou sur les réseaux sociaux, je n'hésiterai pas à confier l'affaire aux avocats de mon groupe. Et quand ils en auront fini avec vous, je suis sûr qu'Alekis Azaria se réjouira de voir son équipe vous régler votre compte. Sa petite-fille est tellement mieux que des gens comme vous, que je trouve même anormal que vous respiriez le même air !

— Zach !

Au son de cette voix, il se retourna.

Kat était sur les marches, dans une robe de taffetas clair, plus solennelle que celle qu'il lui avait enlevée sur la plage. Un bustier sans bretelles découvrait le haut doucement bombé de ses seins, et un collier de diamants étincelait à son cou.

S'il avait eu des doutes sur ses sentiments, ils étaient levés. Elle faisait partie de lui, et si jamais il parvenait à la reconquérir, il ne la laisserait plus jamais lui échapper.

Il se précipita, montant les marches deux par deux pour la rejoindre.

— Tu fais souvent des sketchs pareils en public ? lui dit-elle en riant.

Après un instant de stupeur, il regarda en bas des marches.

Le couple avait disparu.

— En général, non.

Il haussa les épaules et n'en dit pas plus. En fait, il y avait tellement de choses qu'il voudrait dire ! Mais pour l'instant, il était incapable d'aligner deux mots. Il se tenait devant Kat tel un adolescent amoureux fou, gauche et rougissant.

Elle baissa les yeux.

— J'ai entendu ce que tu as dit, murmura-t-elle.

— Oui. Et alors ?

— Je pense que d'autres personnes aussi t'ont entendu.

C'était le problème. Il y avait beaucoup trop de gens ici, alors qu'il la voulait pour lui tout seul.

— Finissons-en avec ça, dit-il en lui prenant le bras mais ne songeant qu'à la minute où il allait pouvoir se sauver avec elle sans blesser personne.

Personnellement, il se moquait d'offenser quelqu'un mais Kat ne l'entendrait certainement pas de cette oreille.

— Tu es toujours aussi charmant, dit-elle, interprétant mal ses propos.

Le front plissé, il la regarda.

— Non, je me suis mal exprimé. Je veux te parler, être seul avec toi. Je déteste ce genre d'endroits. Je les fuis comme la peste d'habitude.

Sur ces mots, lui prenant la main, il entra dans le

salon de réception où se pressait une foule d'invités conviés pour la vente aux enchères.

Kat ne parvenait pas à détacher les yeux de Zach.

Seigneur ! Il n'avait jamais été aussi séduisant, et désirable. Les sentiments qu'elle niait et s'efforçait de refouler depuis leur séparation étaient bien là, toujours présents. Revenus en force, ils s'imposaient, ils constituaient une évidence. Le voir là remuait les milliers de sentiments qu'elle avait cherché à nier, les millions d'émotions qu'elle avait tant voulu oublier. En vain. L'idée de garder ses distances n'avait plus aucun sens. Il était le père de son enfant, et elle l'aimait.

S'il avait bien voulu l'aimer, ne serait-ce que deux fois moins qu'elle l'aimait, ils auraient pu avoir une vie merveilleuse. Et une famille. Parce que, même s'il ne le savait pas, elle savait qu'il était un homme merveilleux, un homme qui avait surmonté plus d'épreuves qu'il est possible d'imaginer.

Elle fit un effort pour s'intéresser à ce qui les entourait.

Il y avait un monde fou, de quoi boire, des zakouski. Les bijoux qu'elle avait accepté de porter étaient bien pâles comparés aux énormes cailloux qui brillaient au cou, aux oreilles, aux poignets des autres femmes. Elle n'en avait jamais vu une telle concentration. C'était le monde du strass et des paillettes, le temple du bling-bling !

— Un jus d'orange, s'il vous plaît, dit-elle alors qu'on lui présentait une flûte de champagne. Zach ? J'ai l'impression que tout le monde me regarde.

— Absolument. C'est normal, tu es la plus belle femme de la soirée.

Elle aurait sans doute été heureuse d'entendre cela si, à cet instant, sa tête ne s'était mise à tourner.

Elle leva les yeux et vit les lumières des lustres se brouiller.

— Zach…

Quand elle rouvrit les yeux, elle était allongée sur une

banquette. Zach était à genoux près d'elle. Plus blanc qu'elle, il fouillait dans sa pochette.

— Où est son médicament ? dit-il. Est-ce que quelqu'un a un antihistaminique ? Elle fait un choc allergique. Peut-on appeler un médecin ?

— Non, Zach. Ce n'est pas ça.

Un immense soulagement se lut sur son visage.

— *Agape mou*… Non, ne bouge pas. Tu t'es évanouie. Tu as dû manger un amuse-bouche avec de la cacahuète dedans.

Elle n'avait rien mangé du tout. Elle était trop nerveuse à l'idée de cette soirée.

— Ah ! tu t'en souviens… Des cacahuètes.

— Je me rappelle chaque mot que tu m'as dit.

— Tu exagères !

Elle se passa la langue sur les lèvres et tenta de relever la tête.

— Non, reste comme ça, un médecin va venir.

— Il faut le prévenir que ce n'est pas la peine, dit-elle prenant sa grande main d'homme avec les siennes. Je ne suis pas malade, grand idiot. Je suis… enceinte.

Un silence incroyable se fit. Le salon ayant une excellente acoustique, 80 % des personnes présentes avaient dû profiter de l'heureuse nouvelle. Tout le monde la fixait. Près d'elle, Zach était pétrifié, en état de sidération. Blanc comme un linge, il avait plus besoin d'un médecin qu'elle.

— Tu es enceinte ? murmura-t-il.

Kat fit oui de la tête.

Basculant en arrière sur ses talons, Zach siffla entre ses dents.

— Heu… oui, bien sûr, évidemment.

Reprenant ses esprits, il la prit dans ses bras et se releva.

Dehors, comme par magie, une voiture arrivait. Il la

glissa à l'arrière comme si elle était une poupée de porcelaine et fit le tour de l'auto pour s'asseoir à côté d'elle.

— Je ne sais pas… Je ne sais pas que dire.

Son regard glissa sur son ventre.

— Tu es sûre ?

Elle opina.

— Oui. Désolée.

— Ne dis pas ça, un enfant c'est, c'est…

Un enfant, ça faisait peur.

— C'est une bénédiction. C'est ce que m'a appris une des nonnes quand j'étais au jardin d'enfants. Elle a été étonnée quand je lui ai demandé combien elle en avait.

Elle sourit avec lassitude.

— Ne te fatigue pas, Zach. Pas besoin de faire semblant. Je sais que c'est la dernière chose que tu aurais voulue, je ne te demande donc rien.

Elle essayait de faire bonne figure, mais le cœur n'y était pas, évidemment. Elle faisait tout pour qu'il ne le voie pas, mais elle était au trente-sixième dessous.

— Mon amour, tu n'as rien à demander, en effet…

Il la fixa quelques secondes avec intensité.

— Parce que tu n'as pas besoin de le faire. C'est évident, nous allons nous marier.

Cette fois, Kat éclata de rire.

— Ça se veut drôle ?

— Tu en as déjà parlé à Alekis ?

— Ce n'est pas son affaire.

Il opina.

— Tu as raison, ça ne le concerne pas.

Il se pencha et lui ôta des yeux une mèche de cheveux qu'il coinça derrière son oreille d'un geste tendre.

— Je suis venu ici ce soir pour te parler, te dire certaines choses… Si on commençait par là ? On parlera ensuite de…

Il regarda son ventre tout plat et y posa la main.

— Tu ne veux donc pas qu'on discute de l'enfant ?

— Si, si, je veux qu'on en parle, bien sûr, mais d'abord j'aimerais qu'on mette en perspective ce qu'il nous est arrivé. Es-tu d'accord ?

Elle fit oui de la tête et lança un regard vers le chauffeur, soucieuse de savoir s'il écoutait.

— Ne t'inquiète pas, il ne nous entend pas. Alors… Pour commencer, tu avais raison, j'ai un problème. Mon passé m'emp… m'a empêché d'avancer. Je suis resté seul longtemps, très fier de ce que je prenais pour de la force, mais je prends conscience aujourd'hui que c'était de la faiblesse.

— Non, ce n'est pas être faible, Zach ! objecta-t-elle avec feu. C'est seulement qu'il faut se donner la peine si l'on veut obtenir des choses en retour. Moi, j'ai eu la chance d'être accueillie chez des gens qui m'ont appris cette leçon. Toi, tu n'as eu personne. Jeune, tu étais vraiment très seul.

— Je me suis toujours dit que c'était plus simple d'être seul, dit-il avec une moue d'autodérision. Moyennant quoi, j'ai failli laisser échapper ce qu'il m'est arrivé de mieux dans la vie. Parce que j'avais peur. Je suis un lâche. Je me suis souvent trompé dans la vie, mais… Cette fois-ci, avec toi, j'ai été fou de te laisser partir.

Kat poussa un petit soupir.

— Tu ne m'as pas laissée partir, Zach. Tu m'as rejetée.

Honteux, il baissa les yeux.

— Tu as raison. Je suis un imbécile. Je pense qu'il y a une part de moi qui refuse de croire que j'ai le droit d'être heureux de cette façon… Avoir quelque chose de précieux et le perdre, c'est tout moi. Je crois que c'est la peur. J'ai eu peur de ne pas pouvoir veiller sur toi, comme avec ma mère.

Devant l'air malheureux de Zach, Kat prit sa main et la serra dans les siennes.

— Tu étais petit, Zach. Ce n'est pas à un petit garçon de veiller sur sa maman.

— Peut-être, mais je me sentais quand même responsable d'elle. C'était une façon de me sentir utile dans ma solitude. Aujourd'hui, je ne raisonne pas de la même façon puisque je ne suis plus seul. Sais-tu que je pense sans arrêt au jour où je t'ai vue dans ce cimetière ? Tu avais l'air d'un ange… D'un ange tentateur.

Il sortit son mobile de sa poche et lui montra la photo qu'il avait prise.

— Je ne te dis pas le nombre de fois où je l'ai regardée ! Des dizaines de fois par jour !

Les larmes qu'elle retenait depuis un moment roulèrent sur ses joues. Un flot, un torrent de larmes.

— Tu ne me dis pas ça à cause du bébé, dis ? Je crois que je ne le supporterais pas.

— Le bébé ! Tu sais, je pensais que je n'en aurais jamais, mais aujourd'hui je le veux, cet enfant. Je rêve déjà de ses petites mains potelées.

La main sur sa taille, il l'embrassa avec tendresse.

— Je t'aime, Katina !

Comme si le fait de l'exprimer le libérait, il le répéta plusieurs fois.

— Je t'aime, je t'aime, je t'aime, et j'espère que, un jour, tu apprendras à m'aimer. Épouse-moi, Kat. Tu veux bien que nous formions une famille ? S'il te plaît ! la supplia-t-il.

Elle secoua la tête, riant et pleurant à la fois.

— Tu espères que je t'aimerai un jour ? Mais, Zach, tu ne vois pas que je suis déjà folle d'amour pour toi ?

Elle se jeta à son cou, et ses larmes redoublèrent.

Épilogue

Kat rayonnait en dévorant des yeux son bébé, qui leur avait fait la joie d'arriver le matin même à 6 heures. Elle leva les yeux du petit visage endormi pour regarder son beau mari, assis au bord du lit.

Zach avait l'air aussi épuisé qu'elle, mais c'était une bonne fatigue. Ils étaient si heureux, tous les deux.

— Il est très réussi, notre bébé… Oui, je crois que ça lui va bien, Alek.

— Je trouve, moi aussi. Tu devrais dormir un peu, maintenant.

Elle opina.

— Nous avons une famille, Zach, dit-elle d'une voix émerveillée. Tu te rends compte !

Zach prit sa main libre et l'embrassa.

— Nous *n'avons* pas une famille, ma chérie. Nous *sommes* une famille, la corrigea-t-il.

Une voix forte dans le couloir interrompit cet instant de tendresse.

— Je veux voir le responsable !

Alek ouvrit les yeux. Ils étaient noirs avec, déjà, des paillettes dorées.

— Chut ! son arrière-grand-père va réussir à le réveiller !

— Si notre bébé est comme sa maman, il fera ce qu'il voudra d'Alekis.

— Que veux-tu que j'ajoute ? plaisanta-t-elle. Tu sais

quoi ? Tu devrais aller lui dire de venir. Je suis sûre qu'il les fait tourner en bourrique, là-dehors.

Après un soupir résigné, Zach s'arrêta de caresser la petite tête de son fils et se leva.

— Tu nous as fait le plus beau bébé de la terre, Kat. Je te dis merci.

— Nous l'avons fait à deux, non ?

— Oui, mais ma contribution a demandé moins d'efforts, ajouta-t-il avec cette mimique d'autodérision qu'elle adorait.

— Sans doute, mais… j'ai dû un peu aider, si je me rappelle bien.

La malice de sa remarque le fit rire.

— Coquine !

— Coquin !

— Pour ma part, je suis soulagé d'une chose, il ne ressemble pas à Alekis. J'y ai souvent pensé pendant ces neuf mois.

— Ça ne t'a pas hanté, quand même ?

— Non, mais j'avais cette petite peur secrète.

— Je croyais que tu avais peur pour moi, que je glisse, que j'aie trop chaud, que j'aie trop froid, que je…

— Ne te moque pas. J'ai bien le droit d'avoir une fibre protectrice, non ? Et, maintenant, nous avons ce trésor. Il n'est pas magnifique, notre bébé ?

— Si, comme son papa.

— Docteur !

La voix tonitruante d'Alekis qui avait repris des forces fit presque trembler les murs.

— Je veux un responsable, continua-t-il de plus en plus fort.

— Zach, vas-y, avant qu'il raconte à tout le monde qu'il n'y aurait pas de bébé s'il ne nous avait pas jetés dans les bras l'un de l'autre et que tout ce qui arrive, c'est grâce à lui.

Elle se tut et sourit en regardant son bébé serrer un de ses doigts dans sa petite main.

— Tu as de la force, mon amour !

Elle leva les yeux vers Zach.

— Tu n'y crois pas, toi, qu'il était derrière tout ça ?

— Tu veux que je te dise une chose, *agape mou* ? Je m'en moque. Je suis ici avec toi et notre bébé. Ça pourrait être le diable qui a organisé tout ça, je m'en ficherais tout autant. Je suis heureux, et c'est tout.

— Moi aussi, dit-elle entre rire et larmes.

Elle étouffa un bâillement.

— Je suis fatiguée et heureuse.

— Bien, je vais aller voir ton grand-père et lui dire que les visites ne sont pas autorisées avant demain.

— Mais la sage-femme a dit que…

Il l'embrassa pour la faire taire.

— Demain.

— Tu es un amour de mari.

— Je m'améliore tous les jours mais j'ai encore des progrès à faire. Mon cœur, lui, est au top pour toi. Et pour Alek.

— Vous avez vu le nom sur la porte du service « Chirurgie », jeune homme ? C'est *mon* nom. Vous allez voir que je suis quelqu'un ici et que je fais ce que je veux ! grondait Alekis dans le couloir.

— Oui, mais pas dans cette chambre, promit Kat au bébé qui se rendormait dans ses bras.

Zach approuva.

— Au fait, tout le monde au refuge t'embrasse. Je leur avais adressé un texto pour leur annoncer la naissance. Sue a fait une visite éclair au nouveau refuge. Elle te fait dire qu'il n'y a pas de problème. Tout va bien.

— Chic ! Voilà une bonne nouvelle !

Dans les mois qui avaient suivi son départ de Londres, cinq nouveaux refuges avaient vu le jour, et sur l'impulsion de Zach deux avaient été ouverts en Grande-Bretagne.

— Elle m'a dit qu'elle « gérait ». Tu peux donc te reposer tranquille et profiter du bébé.

Dehors, dans le couloir, les vitupérations d'Alekis les firent sursauter. Alek gigota dans les bras de sa mère.

— Les pauvres ! Vas-y, Zach. Et excuse-nous auprès du personnel.

Zach se leva en riant et obéit de bon cœur.

Il devait bien cela à la femme qu'il aimait.

Kat l'avait sauvé de la vie de solitude qui se profilait et lui avait offert le plus beau des cadeaux : un amour sans condition.

Retrouvez en avril 2020,
dans votre collection

AZUR

L'enfant d'une folle nuit, de Melanie Milburne - N°4202

ENFANT SECRET

Il aura suffi d'un regard pour qu'Isla perde la tête... Dans les bras de Rafe Angeliri, elle a découvert la passion. Auprès de lui, elle a goûté au luxe. Fort heureusement, elle a fini par reprendre ses esprits, renouer avec elle-même, en mettant fin à cette liaison dévorante. Cinq mois plus tard, hélas, Isla ne parvient toujours pas à oublier son amant. Rafe l'a marquée corps et âme. Et bientôt, un enfant naîtra de leur folle aventure...

Mariée malgré moi, de Kate Hewitt - N°4203

MARIAGE ARRANGÉ

Lorsqu'il m'a épousée il y a trois ans, Matteo Dias attendait de moi que je reste dans l'ombre, invisible. Et c'est ce que j'ai fait. Après la noce, nous ne nous sommes ni embrassés ni revus. Mais je suis lasse de cette solitude et de l'île d'Amanos, où je vis en recluse... C'est la raison pour laquelle j'ose aujourd'hui désobéir à Matteo et paraître devant lui, à ce bal où il ne m'a pas conviée. Il est temps pour moi d'affronter l'homme auquel je suis liée malgré moi. Pour lui demander, enfin, de me libérer d'une union qui n'en a que le nom...

La princesse défendue, de Maisey Yates- N°4204

Sur le point de monter sur le trône, Luca de San Gennaro doit éviter tout scandale. Or, alors qu'il a pour mission de trouver un époux respectable à la princesse Sophia, que son père le roi avait prise sous sa protection, voilà qu'il cède à la tentation et la fait sienne... avant de s'enfuir avec elle ! Tandis que leur folle escapade fait la une de la presse à sensation, Luca et Sophia découvrent qu'un enfant naîtra bientôt de leur liaison interdite...

Baisers de Sicile, de Carol Marinelli - N°4205

Aurora est émue de revoir Nico Caruso. Promis l'un à l'autre durant leur enfance sicilienne, ils ont partagé leurs joies et leurs peines. Jusqu'à cette nuit inoubliable, où Aurora s'est offerte à lui... Hélas, au lieu de les rapprocher, ce moment d'intimité et de bonheur les a séparés. Nico a quitté le village, et Aurora a tâché de l'oublier – en vain. Parviendra-t-elle aujourd'hui à travailler à son côté, maintenant que son amour de jeunesse est devenu son patron ?

La proposition de Rafael, de Cathy Williams - N°4206

Arrivé en Argentine, Rafael n'a qu'un seul objectif : retrouver Sofia Suarez, l'héritière de la société qu'il était sur le point de reprendre. S'il la soupçonne d'être une croqueuse de diamants, il a une proposition à lui faire : l'épouser ! Mais, dès leur rencontre, l'idée d'un mariage de pure convenance lui paraît soudain bien dangereuse. Saura-t-il rester maître de la situation, face à la beauté insolente de Sofia ?

L'héritier d'un Grec, de Jennie Lucas - N°4207

Un héritier. Quand Stavros Minos découvre que Holly, sa collaboratrice dévouée, a eu un enfant de lui, il tombe des nues. Certes, il ne peut lui en vouloir de lui avoir caché sa grossesse, après qu'il l'a rejetée au matin de leur unique nuit d'amour. Mais il est désormais résolu à tenir son rôle de père. Et pour cela, il doit d'abord convaincre Holly d'oublier ses griefs envers lui et de l'épouser !

Scandale à Montegova, de Maya Blake - N°4208

Remirez Montegova, prince héritier du royaume de Montegova, connaît le sens du devoir. Depuis toujours, il appartient à son peuple – et à l'Histoire. Aussi est-il résolu à étouffer le scandale que représente Maddie Myers, la dernière conquête de son sulfureux demi-frère. Or, pour empêcher la jeune femme de nuire à la famille royale, il ne voit qu'une solution : faire d'elle son épouse légitime, et la reine de Montegova !

Une précieuse alliance, de Dani Collins - N°4209

SÉRIE : *JOYAUX D'INNOCENCE* - 1/2

Cela fait des années que Gisella recherche une précieuse boucle d'oreille ayant appartenu à sa grand-mère. Alors, le jour où elle apprend le nom de son propriétaire, elle se précipite chez Kaine Michaels pour lui faire une offre. Hélas, loin de lui céder le bijou, l'arrogant milliardaire lui pose un ultimatum. Si Gisella veut le convaincre de se montrer coopératif, elle doit d'abord redorer son image d'homme d'affaires corrompu, en jouant le rôle de sa fiancée dévouée…

Danse avec un milliardaire, de Michelle Smart - N°4210

SÉRIE : *PASSION ET PRIVILÈGES* - 2/2

Un conte de fées. Voilà ce que vit Tabitha au cours d'une nuit magique. Durant quelques heures, elle n'est plus la femme de chambre d'un hôtel luxueux, mais la cavalière d'un sublime milliardaire. Alors qu'elle tournoie dans la salle de bal, Tabitha oublie tout et rêve d'être la princesse que tout le monde imagine. Mais à l'aube, alors qu'elle se réveille dans le lit de Giannis Basinas, la réalité reprend ses droits. Et Tabitha s'enfuit sans un au revoir. Sans savoir qu'elle est désormais liée à cet homme pour la vie…

Une rivale pour alliée, de Tara Pammi - N°4211

Tous le craignent, et pour cause : Massimo Brunetti est un homme d'affaires impitoyable. Alors qu'il traque celui qui a osé attaquer sa compagnie, quelle n'est pas sa surprise de découvrir qu'il s'agit d'une femme – splendide, de surcroît ! Plutôt que de détruire sa rivale comme il l'imagine tout d'abord, Massimo décide de faire travailler Natalie Crosetto pour lui… afin de mieux la surveiller !

À la merci du séducteur, de Caitlin Crews - N°4212

Zara a la sensation d'avoir été vendue, trahie. Puisque sa sœur aînée, si belle, si élégante, la fierté de la famille, a refusé de se rendre au mariage arrangé par leur père, c'est elle qui a été livrée en pâture à Chase Whitaker. Un séducteur superficiel, qui ne lui cache pas sa colère d'avoir dû épouser la cadette des sœurs Elliott. Zara sait qu'elle ne devrait pas s'en formaliser : après tout, ce n'est qu'une union de façade, et Chase n'envisage sans doute même pas qu'ils partagent leur vie… Pourtant, elle ne peut s'empêcher de contempler avec fascination la haute silhouette et les yeux bleus ardents de celui qui est devenu son époux…

Composé et édité par HarperCollins France.

Achevé d'imprimer en février 2020.

BLACK PRINT

Barcelone

Dépôt légal : mars 2020.

MIXTE
Papier issu de sources responsables
FSC® C108412

Pour limiter l'empreinte environnementale de ses livres, HarperCollins France s'engage à n'utiliser que du papier fabriqué à partir de bois provenant de forêts gérées durablement et de manière responsable.

Imprimé en Espagne.